徳間文庫

黒沼

香月日輪のこわい話

香月日輪

徳間書店

黒沼

香月日輪のこわい話

目次

このさき、危険区域～学校のこわい話

譚《たん》の部屋

春

このさき、危険区域〜学校のこわい話

かごめ　かごめ
うしろの正面　だあれ？

君のすぐうしろにいる友だちが
人間じゃなかったら、どうする？
君のすぐうしろに
もうひとりの「君」がいたら、どうする？
君は「これはウソだ」と目をつぶるだろう……
でも、その目をひらく勇気が
君にはあるか？

ランドセルの中

幽霊《ゆうれい》でもない、妖怪《ようかい》でもない……それ以外の「なんだかわからないもの」が、この世には確かに存在する。

そいつらは、わたしたちの日常の、ごく近いところにいるらしい。ふだんは、見えないだけなのだ。

なぜそこにいるのか、なにをしたいのか、正体はなんなのか——まるでわからない。

だけど、確かにいるのだ。ほら、その台所の、ゴミ箱の陰《かげ》なんかに……。

1

まさしは、野菜が嫌《きら》いだった。でも給食を食べ残すと、先生に叱《しか》られてしまう。そこで、ビニール袋《ぶくろ》を持って行って野菜をつめ、こっそり捨てることにした。ランドセルの中に入れておいて、学校の帰りにどこかへ捨ててしまえばいい。

この作戦は、とてもうまくいった。これに気づいた隣《となり》の席のよしおが、真似《まね》しはじめたくらいだ。みんな、野菜は嫌いなのだ。

ある日、学校の帰り道。いつものように給食の残りを捨てようとしてランドセルの中をさぐったら、袋がなかった。ビニール袋がやぶれて中身がこぼれて……じゃなくて、袋ごとなかったのだ。

「ランドセルへ、入れ忘れたのかなあ?」

まさしは考えた。だとしたら、これはちょっとまずいことだぞ。もしあれが先生に見つかったら、こっぴどく叱られてしまう。

　まさしは慌《あわ》てて学校へもどり、自分の机のまわりを探してみた。でも、なかった。

「変だなあ……」

　あくる日。ひょっとして、先生にぜんぶバレてしまったかもしれないとビクビクしつつ学校へ行ったけれど、先生も、誰《だれ》も、なにも言わなかった。まさしは、ますます不思議だった。

「じゃあ、あの野菜は、どこへ行ったんだろう？」

　その日の給食にも、野菜はきっちり出てきた。しかも、まさしの大嫌いな八宝菜《はっぽうさい》だ。

「ドロドロした野菜なんて、サイテーだ！」

　まさしは、野菜を残らずビニール袋にブチこんで、今度は間違《まちが》いなく、ランドセルの底に入れた。

　しかし、帰り道、ランドセルから野菜袋は消えていた。

「なんで？」

　確かに、確かに、入れたはずなのに。まさしは川の土手に座《すわ》りこみ、ランドセルの中身をぜんぶ出して徹底《てってい》的に捜索《そうさく》した。教科書やノートの間にはさまってないか、チェック。袋がやぶれて中身が出てしまっても、その跡《あと》は残っているはず。

「……ない。なんにもない！」

不思議だった。

次の日。給食に嫌いなものは出てこなかったので、まさしは、パンを半分ちぎってビニール袋に入れ、ランドセルにしまった。そして放課後、ランドセルの中をのぞいてみると、パンは袋ごと消えていた。

「やっぱり」

まさしは、うなずいた。

まさしは、あくる日も、またあくる日も、同じように試《ため》してみた。やっぱり、給食は消えていた。給食以外でも試してみた。結果は同じだった。お菓子《かし》を入れてみても、果物を入れてみても、お菓子の袋ごと、果物の皮ごと、ランドセルの中からなくなってしまっていた。

「まるで、ランドセルが食べちゃったみたいだ」

そんな思いで空《から》のランドセルをしげしげとのぞきこむと、まさしは、あることに気づいた。ランドセルの底が、暗い。なにか、黒い霧《きり》がかかっているように暗いのだ。

「なんだろう?」

まさしは手を入れようとして、ハッとした。

「なにかいる……！」

ランドセルの底に、澱《おり》のようにたまった影《かげ》の中に、なにかがいた。なんなのかは、わからない。でも、それが食べ物を食ってしまったに違いなかった。

「そうだったのか」

まさしは、納得《なっとく》がいった。それがなんなのか、なぜまさしのランドセルに棲《す》みついたのか、そんなことはどうでもよかった。

「エサをあげなきゃ」

それからは、給食の残りはもちろん、手に入る食べ物はみんな、ランドセルに入れてやった。それは、食べつづけた。そして、ランドセルの底の影は、少しずつ濃《こ》くなっていった。

そんなある日。

「キャーッ!!」

昼休みの教室に、女の子の悲鳴が上がった。

やすしが、小鳥の死骸《しがい》を持って女の子を追いかけまわしている。

「ホレホレホレ！　ギャハハハハ!!」

「イヤーッ！」

「きたなーい！　やめてよお!!」

いまにも泣きだしそうな女の子たちを見て、やすしはご満悦《まんえつ》だった。

まったく、こいつときたら、サイテーなやつだ。下品で乱暴で、弱い者いじめばかりしている。あの小鳥だって、きっとやすしが石でもぶつけて殺してしまったんだろう。

顔を歪《ゆが》ませているまさしの目の前へ、小鳥がベシッと投げつけられた。

「ひゃあっ!!」

思わず飛び上がるまさしを見て、やすしはまた、ひときわ愉快《ゆかい》そうに大笑いした。

文句のひとつも言ってやりたいところだが、そんなことをすれば、あとでどんな酷《ひど》い目に遭《あ》うかわかったもんじゃない。ただでさえまさしは、日頃《ひごろ》からやすしに目をつけられ、なにかといやがらせを受けているのだ。

やすしは、笑いながら教室を出ていった。まさしは、小鳥を埋《う》めてやろうと羽をつまみあげた。しかしそのとき、ふとランドセルが目にとまった。

「そういえば……肉は、やったことない」

それには、野菜とかお菓子とか、果物ばかりやっていた。

「こういうものも食べるかな？」

ちょっとした好奇心《こうきしん》だった。

まさしは小鳥の死骸を、そっとランドセルの中へすべりこませた。

それは、すぐに小鳥を食った。嬉《うれ》しそうに、食った。

ポリ、カリと、小鳥の骨を噛《か》みくだく音がした。

「そう……。おいしいんだ」

まさしも笑った。

それからは、まさしはそれに「肉」もやるようになった。

川べりを歩いていると、魚やカラスの死骸がときどきあって、そんなものも、それは喜んで食った。そういうものがなかなか手に入らないときは、虫とか蛙《かえる》とかでもよかった。「生きているもの」を食べるとき、それはとても喜んだ。でもさすがに、野《の》良猫《らねこ》とかをつかまえてやる……ということは、まさしにはできなかった。

「だって、虫とか蛙のようにはいかないだろ」

まさしは、ランドセルの底に話しかけた。この頃は、それの気持ちがよくわかるようになった。

うれしいとき、不機嫌《ふきげん》なとき、エサをねだるとき、ランドセルの底にたまった黒い影の中から、それの気持ちがまさしに伝わる。まさしは「友だちができた」とまではいかなくても「ひとりぼっちじゃない」感じはした。学校じゃ、友だちを作る前に、いじめに遭う毎日だった。いじめられることより、味方がいないことのほうがつらかった。

でも今は、それがいつもそばにいる。自分と気持ちの通じあうものが、いつでも自分のそばにいてくれるのだ。まさしは、それを、大切にしたかった。だから、空《あ》き地《ち》に猫の死骸を見つけたときは、小躍《こおど》りしてしまった。

「大物《おおもの》だぞ!!」

まさしは、積まれた土管《どかん》の陰《かげ》に死骸をひきずっていき、ランドセルの中身をだして、口のところを死骸にむけた。すると、ランドセルの中から影がゆっくりとのびてきて、猫の足をつかみ、ずるずると中へひきずりこんだ。

ガリガリ、ボリボリと、嬉しそうに音を立て、それは、たちまち猫をたいらげてしまった。まさしも嬉しそうに、その様子をながめていた。ランドセルの底の影はまた、いちだんと濃くなった感じがした。

2

木枯《こが》らしが吹《ふ》き始めた、ある日。

その日、やすしは、なにか気にくわないことがあったらしく、ことのほか、ご機嫌ななめだった。やつは、その鬱憤《うっぷん》を朝から誰かれかまわずぶつけ、ブチブチネチネチと口攻撃《くちこうげき》をしていたが、給食の頃、その矛先《ほこさき》はまさしにむいていた。

「まさし、お前、なに野菜だけ残してんだよ」

「えっ……あ、これは……」

思わず口ごもってしまったまさしに、やすしはここぞとばかり突《つ》っ込《こ》んできた。

「残してどーするつもりだよ、えっ？　ほら、ぜんぶ食えよ。ほら、見ててやるから食ってみろよ」

やすしは、よしおを押《お》しのけてまさしの隣に座り、ニヤニヤと嫌《いや》な笑いをうかべた。

「どうしよう!?」

まさしはあせった。今日にかぎって大嫌いな八宝菜だ。こんなものは食べたくないし、第一、これはあいつにあげなきゃならない大切なエサなのだ。

「どうしたよ、ほれ！ 食えって言ってんだろ。食えよ、ほらぁ!!」

やすしは調子にのって、ますます凄《すご》んできた。よしおも、まわりのみんなも、どうしていいかわからずに固まってしまっている。まさしも、どうしていいかわからず固まってしまった。いつまでもじっと動かないまさしに、やすしはとうとうキレた。

「なんとか言えよ、こいつ!!」

そう叫《さけ》ぶと、やすしはまさしを突き飛ばした。

「あっ……!!」

まさしは椅子《いす》から転げ落ち、その拍子《ひょうし》に、給食のトレイをひっくり返してしまった。

ビシャアッと、まさしの服に八宝菜が飛び散った。

「ギャハハハハ、キタネエーッ！ バーカ!!」

それを見て、やすしはやっと満足したようだ。笑い転げながら教室を出ていった。

「俺《おれ》のせいじゃないもんねーっだ！ アハハハハ!!」

牛乳《ぎゅうにゅう》びんが倒《たお》れて、そこら中、牛乳でまっ白けだ。八宝菜のあんと混ざって酷いことになっている。まさしはそれを、ひとりで掃除《そうじ》した。誰も手伝ってくれなかった。

まさしを助けたなんて、やすしに知られると、自分がやすしのいじめに遭ってしまう。

まさしには、みんなの気持ちがわかった。無性《むしょう》に悲しくなった。雑巾《ぞうきん》をかける手に、涙《なみだ》がポロポロこぼれる。

「みんなが悪いんじゃない。やすしがいるのが悪いんだ」

冷たい風が吹いていた。

夕焼けが、まっ赤に染まっている。

その日の夕方、まさしは土手に座りこんで、赤々と燃える空を、長い間見つめていた。

3

日が短くなって、放課後の校内はすぐに薄暗《うすぐら》くなった。廊下《ろうか》も教室も、悪い夢の中のような暗さに陰っている。

「やすしくん」

暗い廊下の奥《おく》から声をかけたのは、まさしだった。

「お前か。なんだよ」

やすしは振《ふ》り向《む》くと、えらそうにふんぞり返った。まさしは、ちょっと口ごもってから言った。

「僕《ぼく》の宝物をあげるから、もういじめないでくれる？」

やすしは、ちょっと目をむいたが、すぐにニヤニヤした。

「へ——っ、宝物ねえ！　なんだよ？」

「……すごく、珍《めずら》しいものなんだ。きっと、やすしくんも、いままで見たことないと思うよ」

「なんだよ、はっきり言えよ。モノによっちゃあ、いじめないでやってもいいぜ」

やすしは、ますますニヤニヤした。

「持ってきてるんだ。こっちへ来て」

まさしがそう言うと、やすしは、あっさりついてきた。まさしは、やすしを音楽室へつれていった。

音楽室には、オレンジ色の夕陽《ゆうひ》が射《さ》し込《こ》んでいた。その光が明るいぶんだけ、影の部分がひときわ真っ黒く沈《しず》んでいる。その暗い部屋のすみの、ピアノの椅子の上に、ランドセルがひとつ置かれていた。まさしは、それを指さして言った。

「あの中に入ってるんだ。見てみて、気にいったならあげるから、もう誰《だれ》もいじめないでよ」

まさしは、おずおずとお願いしてみた。

「そんなの、見てみなきゃわかんねーよ!!」

えらそうにそう言いながらも、やすしは、まさしに、こんな風なお願いをされたことが愉快で仕方ないといった感じだった。いそいそとランドセルを見にいった。まさしは音楽室を出て、ドアを静かに閉めた。


そして、やすしはいなくなった。

大人たちは、なにかいろいろ騒《さわ》いだようだけど、子どもたちには、そんなこと全然関係なかった。むしろ、邪魔《じゃま》者がいなくなって、まさしのクラスのみんなはホッとした感じだった。まさしにも、話しかけてくれる友だちができた。

＊

「まさしん家《ち》は、なにかペットとか飼ってるのか?」

うさぎ小屋の掃除をしながら、よしおが言った。まさしは残念そうに首をふった。

「こないだまでいたんだけどさー」

「死んじゃったのか?」

「わかんないんだ。急にいなくなったから。もしかしたら、死んじゃったかもしれない」

まさしは、苦笑いした。

「へんなもの食べさせちゃったから」

たたずむ少女

「待っているもの」がいる。それは、どこかで君のことを、じっと待っているのだ。

なにも知らない君は、いつかそこへゆき、それに出会ってしまうだろう。

自分には霊感《れいかん》なんてないから、幽霊《ゆうれい》とかは見えないんだと思っていても、それは違《ちが》う。だって、それは「待っているもの」なのだ、「君」を。

君は逃《に》げられないよ。きっと、いつか、出会ってしまうだろう。

君を「待っているもの」に。

1

今年、僕《ぼく》は中学へ入学した。

入学した中学校に、幽霊が出る。

このことは、このあたりの小学生の間じゃあ、ちょっと有名な話だったので、僕は入学前からドキドキしていた。

入学式の日、校長先生が、

「この学校に幽霊が出るなんて噂《うわさ》があるようだけど、そんな馬鹿《ばか》な話にふりまわされず、勉強にクラブ活動に勤《いそ》しむように」

と言い、それぞれの教室でも担任の先生が、

「幽霊なんてものは、出るぞ出るぞと言われるからそう見えるだけで、単なる目の錯《さっ》覚《かく》なんだから、見に行ったり、騒《さわ》いだりしないように」

と、言った。

こうまで言われちゃあ、見に行かないわけにいかないじゃないか。まったく大人って、どうしてこうバカなんだろう。いつも反対のことばっかりしてる。

噂の幽霊は、美術室の前の廊下《ろうか》に出る。

僕たちはさっそく、それっとばかりに美術室へ飛んでいった。

美術室は敷地《しきち》のはしっこの、特別教室ばかり入った別棟《べつむね》の一番奥にある。でも、そこにはジャージ姿に竹刀《しない》を持った、いかにも体育教師といった感じの先生が仁王立《におうだ》ちしていた。

「用のある者以外は、特別棟《とくべつとう》に入っちゃいかん」

と、その先生はウンザリといった顔で言った。その様子に、僕たちは確信したんだ。

「やっぱり、出るんだ……！」

焦《あせ》らなくていい。どうせ、美術の時間には美術室へ行くんだから。

学校の怪談《かいだん》というのは、どこにでもあるものだ。トイレの花子さんとか、ピアノが夜鳴るとか、妖怪《ようかい》テケテケとか。でも、たいていは単なる「お話」にすぎない。

僕の中学の幽霊が、なぜこんなに有名なのかというと、いつもそこに「いる」のだ。

特別な時間に出るのではなく、特別な出方をするのでもなく、特定の人にだけ化けて出るわけでもなく、いつでも見えるんだ。誰にでも見えるんだ。僕たちにも、ちゃんと見えた。

授業が始まり、とうとう僕たちは、特別棟に行けた。

「うわあああ！　ほ、ほんとだ!!　ほんとにいるよ、すっげえーっ!!」

と、興奮《こうふん》しまくりの友だちもいれば、

「ええ？　そお？　うん……いることはいるみたいだけどぉ」

と、よく見えない友だちもいる。人によって、ハッキリ見えたり見えなかったりの差はあるみたいだ。女の子の中には、ショックで泣き出す子もいた。新入生が入ってからしばらくは、毎年大騒ぎになるという。そうだろうなあ。だから先生たちはウンザリしてるんだ。幽霊の話をちょっとでも耳にすると、ギュッと顔をしかめる。

にもかかわらず、なぜ学校側はなにもしないかというと（たとえば特別棟を使用禁止にするとか）、生徒たちがどれほど大騒ぎをしても、そのうち必ずおさまるからだ。

その幽霊が、あまりにも「いつもそこにいる」ので、みんな馴《な》れてしまうんだ。

一年中、朝から晩まで「いる」。人を脅《おど》したり呪《のろ》ったりしない、ただ「いる」。動かない、しゃべらない、「いる」だけ。どんな怖《こわ》がりでも馴れてしまうくらい「いるだけ」なんだ。

僕たちも、すぐ馴れた。

「これだけかよ!?」

と、友だちは面白《おもしろ》くなさそうに言った。


それは、立っている。

窓にむかって、ただじっと立っている。

ちょっと俯《うつむ》きかげんで、長い髪《かみ》が顔をかくしている。不思議と、窓の外から幽霊の姿は見えないので、僕たちには、「彼女《かのじょ》」の後ろ姿しか見えないんだ。

そう。幽霊は女の子だ。僕の場合、かなりハッキリ見える。霊感なんて自分にはないと思ってたけど、だとしたら、僕と「彼女」は、よっぽど相性《あいしょう》がいいんだろうか。

ちょっとくせっ毛の髪に、ブルーの細いリボンを飾《かざ》ってる。洋服を着てるけど、それがなんていうか、ダサイってわけじゃないんだけど、今風《いまふう》の服じゃなくて……。

「そうだ、人形だ！　フランス人形とか、アンティーク人形が着てる服なんだ!!」

ひらめいた僕は、さっそく女の子たちに訊《き》いてみた。でも、

「そう言われれば、そんな風にも見えるわねえ」

と、たよりない返事。どうやらみんなには、僕ほどハッキリ見えてないらしい。

「もしかしたら外国人なのかなあ。あんな古くさい服を着てるってことは、昔の人なんだろうか……!?」

毎日毎日、僕は、「彼女」のことばかり考えていた。

2

ところで、僕は美術部に入った。当然部室は美術室だ。

べつに、「彼女」目当てじゃない。小学校から絵画教室にかよってた。中学生になったら、油絵を始めようと思ってたんだ。

クラブの先輩《せんぱい》は、もう「彼女」のことは気にならないと言う。

「ただ立ってるだけだからね。この頃《ごろ》は、よく見えなくなってきたよ。もう、幽霊って感じはぜんっぜんしないね」

いろんな生徒がいろんなことを試《ため》してみたけど、まったくなんの反応もなかったらしい。

「話しかけたり、お祓《はら》いの真似事《まねごと》をしたり……。さすがに、ものを投げ付けたりするやつはいなかったけどな」

ほんものの幽霊を目の前にして、わざわざ怒《おこ》らせるような真似をするバカは、ほんもののバカだけだろう。

「でも一回だけ、印象に残ってることがある」

と、先輩は言った。

「アレに触《さわ》ったやつがいてさあ。なんにもなかったけど。だけど、そいつの手が幽霊の身体《からだ》をスッてすりぬけるの見てさ……。あれは、なんかゾッとしたなあ。そいつも、すっげえビビッてた」

僕の学年にもきっといるだろうなあ、そんなバカが。

「彼女」は、いつからそこにいるんだろう。

この学校が建つ前は、このあたりには、武家屋敷《ぶけやしき》があったらしい。それは、戦争で焼けてしまった。学校が建ってからも、改築とか建て増しとかあって、特別教室の入っている別棟ができて、そこに幽霊が出るようになったのは、ごく最近の話みたいだ。

「彼女」は、学校ができたから、そこに棲《す》みついたのだろうか。もともといた場所に、たまたま学校ができたのだろうか。

なにも言わない、後ろ姿。僕たちと同じ、ちょうど中学生ぐらいの背丈《せたけ》をした、アンティークドレスの女の子。「彼女」は、どんな顔をしてるんだろう。

一学期も終わる頃。新入生たちは、すっかり「彼女」に馴れた。みんな幽霊《ゆうれい》のことなど忘れ、勉強にクラブに勤しんだ。

二学期に入ると、すぐに文化祭だ。美術部は、部員それぞれが油絵を一点ずつ出展することになっている。僕は、夏休みの間も学校に通って、はじめての油絵に取り組んでいた。

ある日の夕方。

そろそろ帰ろうと思って、絵の道具を片付けていたときだった。開け放したドアからふと廊下を見ると、斜《なな》めに射《さ》し込《こ》んだ夕陽《ゆうひ》の中に、相変わらずじっと立っている「彼女」がいた。

絵を描《か》くのに忙《いそが》しくて、しばらく「彼女」のことを忘れていたけど、こうしてあらためて見ると、「彼女」の立っている姿は、とても綺麗《きれい》だった。ウエーブのかかった髪に、ブルーのリボン。夏の終わりの夕陽の中で、アンティークドレスに身をつつんだ「彼女」は、なんだか寂《さび》しげで、儚《はかな》げで……。

「……そうだ」

僕は思いついた。

そして、新しいキャンバスを用意した。

3

文化祭も終わり、二年生が修学旅行に行く頃、学校は、ある話題で騒然《そうぜん》としていた。

幽霊が、いなくなったのだ。

いつからいないのか、はっきりわからない。はじめは誰も気にしなかったからだ。

でも、どうやら本当にいなくなったらしいとわかって、みんな驚《おどろ》いた。

「なんでいなくなったんだろ？」

「誰かに取り憑《つ》いたんじゃないか？　変死したやつはいないか？」

「学校がお祓《はら》いをしたんじゃないか？　霊能者とか呼んでさ」

「でも、そういうのって、前に何回かしたらしいよ。効き目なかったみたいだけど」

「なんでいま頃さあ……どこへ行ったんだろう？」

一年生から三年生まで、さらに先生たちやＰＴＡの人たちまで、しばらくはこの話で持ち切りだった。

結局、誰《だれ》にもわからなかった。

でも、僕は知っている。
僕だけが知っている。
「彼女」は、もっと居心地《いごこち》のいい場所へ行ったんだ。
静かで、バカな子どもが触りになんてこない場所。
そうさ。絵の中だ。
僕は、「彼女」が立っている風景を絵に描いたんだ。
「彼女」は、今、キャンバスの上の、夕陽の射し込む廊下にたたずんでいる。
どうして「彼女」が、そこにいるのがわかるかって？
この頃、絵の中で、「彼女」が動くんだ。
だんだん顔をこっちへむけてきてるんだ。もう少しで「彼女」の顔が見えそうなんだ。
とても、こわい感じがする。
「彼女」の顔を見ることは、いけないことのような気がする。

でも、僕は「彼女」の顔が見たいんだ。

扉《とびら》の向こうがわ

「出入り口」というのは、たいへんくせものでね。へたな場所につけると、とんでもないことになる。君たちの家でも「鬼門《きもん》」の方角に出入り口はないはずだ。調べてごらん。

「扉」とは、空間と空間とをつなぐ象徴《しょうちょう》。別の空間への境界線。その向こうがわは、こちらの空間とは違《ちが》う場所なのだ。扉を開けるときは注意しよう。もしかしたら、向こうがわは、君の知らない異次元だったりするから……。

1

廊下《ろうか》の一番奥《おく》に、開かないドアがある。


「ねえ、あのドア……」

美穂《みほ》は、ドアを指さした。

「ああ、あれね」

直子《なおこ》は、笑ってこたえた。

「もと図書室だったとこよ。道路が通るからって、校舎からけずられたの。それで入り口のドアだけが残っちゃったってわけ。おもしろいでしょ。図書室はべつの部屋へうつったよ」

「ああ……そうだったの！」

美穂も、笑った。

「ずっと気になってたの。あの壁《かべ》の向こうは外なのに、なんでドアがついてるんだろうって！　裏口とかでもないしさ」

ふたりは、笑い合った。

美穂は、ひと月前に、この学校へ転校してきた。

大きくて、広くて、古い校舎。階段がやたら多くて、廊下が複雑に入り組んでいて、校内はまるで迷路《めいろ》のようだった。美穂には、それがなんだか薄気味悪《うすきみわる》く感じられた。そしてあの「開かないドア」は、美穂が一番気にしていたことだったのだ。部屋もないのにどうしてドアだけがあるんだろうと、ふと気づくと、いつもそう考えていた。

「そうか。前は、ちゃんと部屋があったんだ」

言われてみれば当然のことに、ホッとしたような馬鹿《ばか》らしいような。美穂は自分でも、なにをそんなに気にしていたのかと可笑《おか》しくなった。

「そうか……。道路、すぐそこに通ってるもんね。図書室は邪魔《じゃま》だったんだ」

美穂は、すごく納得《なっとく》がいったので嬉《うれ》しかった。

あらためて、ドアの前に立つ。ドアの上には、ネームプレートを外した跡《あと》があった。そこには「図書室」と書かれていたのだろう。

美穂は、ドアノブにそっと手をかけてみた。ノブは固くて回らなかった。

「ドアは開かないよ、美穂ちゃん」

直子が、美穂の顔をのぞきこむようにして言った。美穂が、ほんとにドアを開けようとしている風に見えたからだ。美穂は、ハッとして直子を見た。

「そっ、そうよね！　だって、この向こうは壁だもんね。開ける意味がないわよね」

美穂は、頬《ほ》っぺが赤くなってしまった。ふたりは大声で笑った。

もう、二度と開くことのないドア。

でも、いつか誰《だれ》かが開けてくれるのを待っているような……。

「だって、ドアは開けるためにあるんだもん。なんだか寂《さび》しそう、あのドア」

雨にしぶくグラウンドを見ながら、美穂はぼんやりとそんなことを考えていた。

*

雨が降っていた。

美穂は、廊下を歩いていた。

長い、長い廊下。もう、いくつ曲がり角を曲がっただろう。

それでも美穂は、歩いていた。ただ、黙々《もくもく》と歩いていた。

ふと気づくと、長い廊下のずっと奥のほうに、あのドアがあった。ネームプレートの外されたドア。みんなから忘れられ、置き去りにされてしまったような、寂しげなドア。

『開けて……』

美穂は、ドアの前に立った。そっとドアノブを回す。

キチキチ、と金属がこすれる音がした。

「あ……開く！　開くわ、このドア!!」

美穂は、ドキドキしながらドアノブを回し切った。

カチャリ……と、ドアが開いた。

ドアの向こうは、まっ暗だった。

＊

「そこでなにしてるの、美穂ちゃん？」

直子に声をかけられて、美穂は振《ふ》り向《む》いた。

「ああ、ナオちゃん」

「いないと思ったら、こんなとこにいたんだ。もう昼休み終わっちゃうよ」

美穂は給食をすませると、なんだか無性《むしょう》にあのドアが見たくなり、気がついたらドアの前に立っていたのだ。自分でも不思議だった。

「うん。なんか……気になって」

「なにが？」

「夕べ、このドアを開ける夢見ちゃってさあ」

「へえ、それで、中はどうだったの？」

「覚えてないの」

美穂は「エヘ」と笑った。

直子は「うーん」と、唸《うな》った。

「確かにさあ、一度は開けてみたくなるよね、開かずの扉って」

「そうでしょ!?　そうよね！」

「この図書室がなくなったのは、あたしたちが二年生の時でさ。あたしたちはもうなんとも思わないけど、毎年一年生が入学してくるとね、必ず何人かは、開けてみようとする子がいるわけよ」

直子は笑った。

美穂は、ウンウンとうなずいた。

「でもこのドアは開かないし、もし開いても、そこは壁だもんね」

「そうよね……」

予鈴《よれい》が鳴り、ふたりは教室へと戻《もど》りはじめた。

「そうそう！　図書室がなくなった年にさあ。六年生の女の子がひとり、行方不明《ゆくえふめい》になってるんだよ！」

「行方不明!?」

「あたしまだ二年生だったから、詳《くわ》しいこととか全然わからなかったけど、けっこう大騒《おおさわ》ぎになったみたいよ。新聞とかにも載《の》ったって」

「へえー！　その人、見つかったの？」

直子は、首をふった。美穂はその時、なぜかゾッと背筋が震《ふる》えた。

＊

厚い雲が、低くたれこめていた。

霧雨《きりさめ》が、カーテンのようにグラウンドを覆《おお》っている。

長い、長い廊下の奥。そのドアは、美穂を待っていた。

『開けて』

美穂は、ドアノブに手をかける。ドキドキしながらノブを回す。

キチキチ……カチャリ。ドアが開いた。

中は薄暗かった。灯《あか》りはついていないらしく、全体が暗いブルーに沈《しず》んでいる。

美穂は目をこらしてみた。

「あ……なんだ、図書室じゃない」

そこには、机と本棚《ほんだな》が並んでいた。

人もいた。女の子がポツンとひとり、座《すわ》って本を読んでいる。貸し出しカウンターの中には、図書委員らしき女の子も座っている。

「なんだ、やっぱり図書室があるんじゃない」

美穂は、ちょっとホッとした。

2

あくる日の昼休み。美穂は、ひとりで学校の図書室にいた。調べたいものがあったし、図書室の様子を見たかったのだ。でもべつに、図書室はどうということもなかった。机と本棚が並んでいるだけだ。前の図書室も同じようなものだったのだろう。

「お、戸川《とがわ》じゃないか」

「あ、先生」

担任の中北《なかきた》先生が、本棚の間にいた。

「なんだ、ひとりで読書か。……ああ、きょうは三谷《みたに》は休みだったな」

直子は、風邪《かぜ》で学校を休んでいた。今の美穂には、直子以外に親しくしてくれる人はまだいなかった。

「もっといっぱい友だちをつくらなきゃな」

先生の言葉に、美穂は力なくうなずいた。美穂は、そう明るい性格でも、要領のいい子でもなかったので、転校することは大いに不安だった。実際、転校してきて二月《ふたつき》になろうかというのに、いまだにうまくクラスにとけこめないでいる。たまたま直子が友だちになってくれたのは、本当にラッキーだった。

「まあ、転校するっていうのは、不安な話だよな……」

そう言う先生は、なんだかすごく複雑な顔をしていた。

「あ、ところで。なんの本をさがしているんだ、戸川？」

と、先生は話題を変えた。

「昔の新聞を調べようと思って」

「新聞を？　なにを調べるつもりだ」

「先生は知ってます？　前に、六年生の女の子が行方不明になったって話」

「――ああ……」

一瞬《いっしゅん》顔をこわばらせて、先生は、ため息ともつかぬ声を漏《も》らした。

先生は知っているんだと、美穂は思った。

「教えてください、先生」

先生の眉間《みけん》に、深い皺《しわ》が寄った。

「どうしてそんなことを知りたいんだ？」

そう言われて、美穂はハッとした。そういえば、どうして知りたいのか、美穂自身わかっていなかった。

「……なんとなく、興味があって」

口ごもった美穂を見て、先生の眉間の皺がますます深くなった。

「お前……もしかしていじめに遭《あ》ってるとか、そんなことはないか？」

「え？　べつに……」

美穂は首をふった。確かに、クラスのみんなから仲よくしてもらってはいないが、かといっていじめられているわけでもない。美穂は正直にそう思っていた。

「そうか」

先生は、ため息をついた。

「あの子は、たぶん家出をしたんじゃないかと、俺《おれ》は思うんだ。学校へ行きたくないあまりにな」

「家出だったんですか」

「証拠《しょうこ》はないよ。突然《とつぜん》消えてしまったのは本当だけど。『神隠《かみかく》し』なんて騒がれたけど、そんなバカな話があるもんかい。あれは家出だよ」

そう言うと、先生は美穂のほうをチラッと見た。

「あの子は……転校生だったんだ」

美穂は、ドキン！　とした。

「あの年、俺は、六年生の別のクラスを持っていたから詳しいことは知らないけど、あとで女の子たちから聞いた話じゃ、その子はクラスにうまくなじめなくて……いじめというか……無視されてたんだな」

美穂はドキドキした。状況《じょうきょう》が自分に似ているから、いやそれ以上に、なぜか胸がドキドキした。冷《ひ》や汗《あせ》がにじみだした。

「その前の年にも、いじめで自殺した子がいてなあ。学校もいじめには神経をとがらせていたんだが……」

美穂はさらに、心臓をギュッとつかまれた感じがした。

「自殺した人がいるんですか……!?」

「ああ。あ、その子は、転校生じゃないぞ。……あの時も大騒ぎだったなあ」

先生は、またひときわ大きなため息をついた。

「図書室で首つってさあー」

「えっ……!!」

美穂は、まっ青《さお》になった。それを見て、先生は慌《あわ》てて言った。

「ここじゃないぞ、戸川！　前の図書室だよ。今はもうないんだ。知ってるだろ!?」

*

窓ガラスを、雨だれが伝っている。シン……と、静かな図書室。

美穂は、机に座っていた。目の前には、美穂の大好きなケルトの妖精《ようせい》物語の本が広げられていた。

斜《なな》め前に、女の子がひとり座っている。身を乗り出して、熱心に本を読んでいるので、どんな顔なのかわからなかった。

美穂に、その子の心が伝わってきた。

「あたしは、本が大好き。ここでこうして大好きな本を読んでいると、本当に楽しい。図書室にいると心が落ちつくの。だって、ここではみんなが自分の世界を持ってて、ひとりでいても、ちっともおかしくないから。誰も文句を言わないし、誰もいじめない。だから、とても安心できる。あたしは、図書室が大好き……」

その気持ちは、美穂にもよくわかった。美穂も本は大好きだし、前の学校でも図書室にはよく行った。

ふと見ると、貸し出しカウンターの中の女の子も夢中で本を読んでいる。

「みんな、本が好きなのね」

美穂も、本を読んだ。それはしみじみと心地《ここち》よく、もう立つのが嫌《いや》に思えるほどだった。ずっとずっと、こうして本を読んでいたかった。

＊

「美穂ちゃん、顔色悪いよ。大丈夫《だいじょうぶ》？」

直子が、心配そうに言った。

「あ、うん、大丈夫。なんだか……気になって」

「行方不明の女の子のことなら、美穂ちゃん、気にすることないよ。同じ転校生でも、美穂ちゃんとは違うもん。先生もそう思ったから話してくれたんでしょ」

「うん。そうだと思う」

「でも、びっくりだね。あの図書室で自殺した子がいたんだ。……なくなってよかったね」

「うん、ホント……それは、ホントにそう思う。だってあたし、本好きだもん。図書室にも行くもん」

そう言いながら、美穂はだんだん気分が悪くなってきた。身体《からだ》の奥《おく》のほうが冷たい。

「美穂ちゃん？」

「なんだかこわい。なんだか……！」

美穂は震《ふる》えていた。驚《おどろ》いた直子は、美穂の手をとって元気づけた。

「大丈夫だよ、美穂ちゃん！　その図書室は、もうないの。とっくになくなっちゃってるの！　いまの図書室と、全然違うのよ!!」

直子の言葉に、美穂はうなずいた。

しかし、美穂の様子が目に見えて変わりはじめたのは、それからだった。

とにかく元気がなくなり、食欲も落ち、だるいと言っては学校を休みがちになった。

直子と言葉を交《か》わすことも減り、ボーッとしていることが多くなった。本人に「どうしたの」と訊《き》いてみても「わからない」と言うばかり。家族も医者も頭をひねったが、身体の問題だろうということで、病院へ通う毎日がつづいた。

＊

「本が好きなの？」

女の子が話しかけてきた。

妖精の本から顔をあげて、美穂はその子のほうを見た。チェックのスカートに赤いセーターが可愛《かわい》らしかった。でも部屋の中が暗いせいか、女の子の顔が、どうしても見えなかった。

「うん」

「あたしも。図書室、好き？」

女の子の声は、やさしかった。

「うん、好き」

「いつもひとりで来るのね。友だちはいないの？」

美穂は首をひねった。友だちがいた気はしたが、名前が思い出せない。

「読書に付き合ってくれるような友だちじゃないんだ」

「いるけど……」

「……」

女の子の小さなため息が聞こえた。

「そうよね。学校へ来てまで本を読んだりして、おかしいかも。『暗い』とかさ、『優等生ぶって』とかさ」

「そんな……」

女の子はうなだれていた。この子はそんな風に言われているのだ。

女の子が、また顔をあげた。

「あなたは、いじめられていない？」

「ん……べつに」

女の子は、貸し出しカウンターに座っている子を指さした。

「あの子も、いじめられているの。転校生なんだけど、クラスのみんなが受け入れてくれないの。あの子のこと、無視するのよ」

美穂は、ギュッと胸をしめつけられた。

「なんにもしないって、いじめてるのと同じよね」

「そうね……」

「あたしもあの子も、本が好きでよかった。ここじゃ誰もあたしたちをいじめないし、好きな本を読んでいると、嫌なことも忘れちゃうもん」

美穂はうなずいた。

「うん、そうね」

＊

「美穂ちゃん！」

直子の大声に、美穂はハッと我に返った。いつの間《ま》にか、また、あのドアの前にいた。

「あ……」

「どうしたの？　こんなとこにジーッと立って、声かけても返事もしないで……。どうしちゃったの？」

「……ごめん、ナオちゃん」

直子は、深刻な顔をしていた。美穂の様子はただごとではない。不安で、心配で、おそろしかった。

「美穂ちゃん、ヘンだよ。この頃ずっと、なにかあるとすぐここに来て、このドア見てるでしょ。どうしたの？」

美穂は、黙っていた。

開くはずのない、ドア。

扉《とびら》の向こうには、なにもありはしない。部屋も人も、なにもあるはずがないのに。

「ナオちゃん……あたしね、このドアの向こうに、なにかある気がするの」

「……えっ!?」

最初、美穂がなにを言っているのか、直子にはわからなかった。

美穂はかまわずつづけた。

「あたし……あたしは、このドアが開いて、中へ入って行けそうな気がするの」

そう言って、美穂はドアノブに手をかけた。動かないノブを回そうとしている。

直子は、ゾーーッとした。声もなくあとずさり、その場から逃《に》げ出《だ》した。

美穂は、いつまでもドアの前に立っていた。

3

それから何日か、直子は美穂と口もきけなかった。美穂の様子がおそろしくて、美穂の身に起こっていることがおそろしくて。それがなにかはわからなかったけど、とにかくおそろしくてたまらなかった。

直子に見捨てられ、美穂はひとりぼっちになってしまった。給食の時間も、休み時間もひとり。そうしてまた、フラフラとあのドアの前へ行っては、じっと立っていた。

「おい、三谷」

放課後、直子は中北先生に声をかけられた。

「お前、戸川とケンカでもしたのか？」

直子は、ぐっと胸がつまった。

「あいつの様子がちょっとヘンなのは、きっと、身体の具合が悪いせいだと思うんだ。身体が悪い上に友だちとケンカしてたんじゃ、よけい辛《つら》いだろ。仲直りしてやってくれよ」

直子は、こたえられなかった。先生はわかっていない。美穂の様子のおかしさは、身体が悪いとか、そんなんじゃない。なにかもっと……自分にもわからないけど、なにかもっとおそろしいこと、説明のつかないことなのだ。でもそんなこと、先生も誰も信じるはずがないし、直子自身、信じられない思いでいっぱいだった。

「そりゃ、美穂ちゃんはかわいそうだけど……だけど……」

直子は、どうしていいのかわからなかった。

「行方不明になった子もさあ、身体が悪かったらしいんだよ。いつも図書室の前で、ひとりでボーッとしてたって。悩《なや》んでたんだろうなあ」

「えっ?!」

直子は飛び上がるほど驚いた。

「せ、先生っ、それって……」

「だからさあ、戸川にその子の二《に》の舞《まい》はさせたくないんだよなあ。だからここは、やっぱり、女の子は女の子同士でさあ……」

直子は、ダッと駆《か》けだした。

「あっ、おい、三谷!?」

『図書室の前で、ボーッとしてた。

図書室の前で、ボーッとしてた』

「図書室って……先生の言った図書室って……あの図書室のことだ!!」

確かなことが、わかったわけではなかった。ただ「止めなきゃ」と、直子は思った。

美穂を止めなければ。あのドアの前へ行かせちゃいけない！

「美穂ちゃん！」

直子は教室へ飛《と》び込《こ》んだ。しかし、美穂の姿はなかった。

ハッとして自分の机を見る。小さなメモ用紙に、消え入りそうな文字で、美穂がメッセージを残していた。

　ナオちゃんへ
　あの図書室で、あたしをまっているひとがいるの。
　だから、あたしいくね。
　　仲よくしてくれてありがとう。
　　　　　　　美穂

「美穂ちゃん……!!」

背筋がまた、ゾ――ッとした。でも、直子は、震えながらも勇気をふりしぼった。

「と……止めなきゃ。美穂ちゃんを止めなきゃ!!」

直子は、再び駆けだした。一階の、校舎の一番はしっこの、あの、ドアの前へ。

雨が、いまにも降りだしそうだった。

放課後の校内には生徒の姿もあまりなく、必死に走る直子を気にとめる人もいなかった。

「美穂ちゃん!!」

薄暗《うすぐら》くブルーに沈んだ廊下の一番奥に、ドアの前に立つ美穂がいた。

「美穂……」

駆け寄ろうとした直子の身体が凍《こお》りついた。

美穂の前で、あのドアが、ゆっくりと開いたのだ。

開くはずのないドア。

釘《くぎ》で打ちつけられ、コンクリで固められ、もう残骸《ざんがい》になり果てていたドアが、今、命を吹《ふ》き返し、次の空間へ導くものとして、美穂の前で開いたのだ。

「あ……あ」

直子は、おそろしさのあまり、立ちすくんでしまった。

開ききったドアの向こうに、まっ黒い空間が口を開けていた。

外のはずなのに、あの壁《かべ》の向こうは外のはずなのに、ドアの向こうには、べつのなにかがあったのだ。

美穂はその闇《やみ》の中へ、ゆっくりと入っていった。それを見て、直子は思わずドアに飛びついた。

「まって、美穂ちゃん！　出てきて!!」

その瞬間《しゅんかん》、直子の目の前に、ガクン!!　と、人が降ってきた。

「あっ……!?」

首つり死体だった。小学生ぐらいの女の子。チェックのスカートに赤いセーター。ぶらんとぶらさがった女の子は、骨が折れてグラグラする首を上げ、ドアの向こうから直子を見た。ふくらんだ顔、飛び出た目、口から舌がはみだしている。女の子は、恐怖《きょうふ》に固まった直子をジロリと睨《にら》んで言った。

「ジャマしないでよ」

バーーン!!　と、ドアが閉まった。

戸川美穂の行方《ゆくえ》は、誰も知らない。

最後にいっしょだったはずの三谷直子が、記憶《きおく》を失ってしまったからだ。
そして、今でもあのドアは静かに待っている。
誰かが開けてくれるのを、待っている。

呪《のろ》い

誰《だれ》もが知っている、人を呪う方法といえば「丑《うし》の刻《こく》参り」だろう。丑の刻（午前二時）に、藁《わら》人形を五寸釘《ごすんくぎ》で神社の木に打ちつけるというやつだ。これは、類感魔術《るいかんまじゅつ》とか共感魔術という呪術《じゅじゅつ》の一種である。ほかにも「厭魅《えんみ》の法」「卵封《たまごふう》じ」など、人を呪う魔術はたくさんある。しかし、どれもこれも危険なので、よい子は真似《まね》しないように。「人を呪わば穴ふたつ」という言葉があるように、仕返しなんかしても、自分が損するだけなのだ。せいぜい日記帳に「バーカ」と書くぐらいにしておこう。

クラスメイトが死んだの。

事故だったわ。

中道義人《なかみちよしと》くんは、ただのクラスメイトじゃなくて、あたしの従兄弟《いとこ》で幼なじみの、中林浩一《なかばやしこういち》の親友だった。

あたしと浩一は、小学校からずっといっしょで、仲良しで、その浩一が中学に入って義人くんと仲良くなって、あたしはちょっぴりヤキモチを焼いたこともあった。でもあたしたち、いい友だちだった。あたしと、浩一と義人くんと、もうひとり深沢《ふかざわ》専《あつむ》くんと四人で、ピクニックとか海水浴とか、よく遊びに行った。そのひとりが、欠けちゃった……。

中学二年の夏。あたしたちは、林間学校を楽しみにしてた。

キャンプファイヤーに、肝試《きもだめ》し、飯盒《はんごう》でご飯を作って、湖で泳いで、専くんは釣《つ》りが好きだから、川で魚を釣るんだって張り切ってた。それが、あんなことになるなんて。

その日、義人くんは、体調があまり良くなかったらしいの。でも、楽しみにしてた林間学校だから、ちょっと無理をして参加したみたい。あたしには、そんな風には見えなかったけど。彼《かれ》は元気だったわ。

午後からの自由時間に、浩一と義人くんと専くんは、湖でゴムボートに乗って遊んでいた。湖には、他《ほか》にも生徒がたくさんいたわ。ボートに乗る前に、浩一は義人くんに、

「具合が良くないなら、やめにしようか?」

と、ちゃんと確認をとったのよ。義人くんが大丈夫《だいじょうぶ》って言うから、ボートを出したの。

湖の上は気持ち良くて、三人はおしゃべりしたり水をかけ合ったり、とても楽しく過ごしたって。

「その事故」が起こったときも、最初はなんてことなかったのよ。

「おい、このボート、水入ってきてるぜ」

と、専くんが言っても、みんな落ちついてた。

「しょうがないなあ。岸まで泳ぐか」

「いいよ」

本当に、岸までたいした距離《きょり》じゃなかったの。泳いでる人は他にもいたし。浩一は、他のボートの人に自分たちのボートを回収してくれるよう頼《たの》んで、泳いで岸へ帰りはじめたの。そのすぐあとだった。うめき声も、水音も、なにも。なにも音がしなかったんだって。

義人くんは、突然《とつぜん》消えたの。

浩一も専くんも、岸へ上がるまで気づかなかった。他の人も気づかなかった。義人くんは、眠《ねむ》るような顔をして湖の底に沈《しず》んでいたわ。心臓発作《ほっさ》だったの。もちろん、浩一も専くんも、誰も責任を問われなかった。あれは事故だったのよ。本当に、不幸な事故だったの。

あたしたち、すごくショックだったけど、義人くんのお母さんがとても気丈で、落ちついてて、あたしたちを逆に慰《なぐさ》めてくれた。

「あなたたちだけでも無事で、本当に良かった」

と、お母さんは、浩一と専くんに言ったわ。

「なんて立派な人なの!!」

あたしは、ものすごく感激した。ひとり息子《むすこ》の義人くんを失ったのに、お母さんは、お葬式《そうしき》で笑顔《えがお》さえ見せていた。もちろん悲しそうな笑顔だったけど。

お母さんは、浩一と専くんのことを思いやってくれたんだわ。二人が責任を感じないように。悲しみに、挫《くじ》けてしまわないように。あたしは、お母さんの上品な態度と、やさしい笑顔にうっとりしちゃった。

「すてきなお母さんよねえ」

お葬式が終わって、学校にまた普通《ふつう》の生活が戻《もど》ってきたあとも、あたしたちは、よくこう話したわ。お母さんは、あたしたちがいつ訪ねていっても、ニコニコともてなしてくれたの。そしていつも「元気で、身体《からだ》には気をつけて」と、いたわってくれた。浩一も専くんも、お母さんにはとても感謝しているみたいだった。

あれは、いつ頃《ごろ》からだったかしら。

夏が終わって、新学期がはじまって、修学旅行とか文化祭とか、行事がいろいろあって忙《いそが》しくて、だから、あたしも浩一のことに気づかなかった。なんとなく元気がないのは、やっぱり義人くんがいないせいだろうと思ってたわ。修学旅行にせよ文化祭にせよ、なにかにつけて「義人がいたらなあ」って感じるのは、当たり前のことだもの。

でもある日、浩一が学校を二日つづけて休んだから、あたし、専くんとお見舞《みま》いに行ったの。そしたら浩一ってば、なんだかげっそりやつれちゃってて、あたしたち、びっくりした。そのうえ浩一の話を聞いて、あたしたち、もっとびっくりしたわ。

「ずっと嫌《いや》な夢見ててさ。なんだろうって、気になってたんだ。その夢を見た次の日は、身体がだるいし、頭痛とか耳鳴りとかするし、病院へ行っても、べつにどこも悪くないって言われるし……どうしようって思ってた」

嫌な感じがしたわ。とても、嫌な感じ。あたし、胸がドキドキした。

「そしたら……あいつが、夢に出てきたんだ。嫌な夢って、あいつの夢だったんだ」

「あいつって？」

「義人だよ。義人が夢に出てくるんだ！」

あたしは、ゾ――ッとしたわ。身体中に鳥肌《とりはだ》が立って、ものすごく寒かった。専くんも、すごく怖《こわ》い顔をして浩一を見てた。

「あいつ……やっぱり、俺《おれ》を恨《うら》んでるのかな!?」

泣きそうな浩一の両手を取って、専くんは大声で言ったわ。

「そんなことない！　絶対ない!!」

「そうよ！　専くんの言う通りよ!!」

あたしも大声で言ってやったわ。ほんとはすごく、怖かったけど。

「でも、専。あいつ、俺に言うんだぜ。『お前も死ね』って」

あたしは、またゾ――ッとした。そんな、そんな怖《おそ》ろしいことを義人くんが言うなんて信じられない。あたしは、怖くて、悲しくて、泣けてきた。でも、専くんは頭をブルブルッと振《ふ》った。

「違《ちが》うよ、絶対違う！　なにかが間違ってる！」

間違ってる？　あたしにも浩一にも、その意味はわからなかった。

専くんは浩一に、今日は別の部屋で寝《ね》るようにって言ったわ。理由は教えてくれなかった。

帰り道。専くんといっしょに歩きながら、あたしはまだ怖かった。身体の奥《おく》のほうが震《ふる》えている感じがした。

「幽霊《ゆうれい》って、ほんとにいるの？」

あたしがなにげなく言うと、

「うん、いるよ」

と、専くんは意外なくらいハッキリと言ったわ。

「み、見たことあるの？」

「ある」

知らなかった。専くんとは中学になってからの友だちだけど、そんなこと、いままで一度も話したことなかったのに。

「やっぱり、義人くんの幽霊なの？　義人くんが、浩一を苦しめてるの？」

「違う」

「だって……浩一、あんなに怖がってて、身体もすごく悪そうで……。毎晩、義人くんが夢に出てくるって……お前も、し、死ねだなんて……」

「義人は幽霊になっても、絶対そんなことはしない！　だから、なにかが変なんだ。なにか、他にあるんだ。俺、知り合いにえらい先生がいるから、その人に聞いてみる」

「えらい先生って？」

「霊能力者さ」

あたしは、びっくりした。こわい気持ちが、いっぺんに吹《ふ》っとんじゃった。いつも、どことなくポヤ～ンとした専くんの口から、「知り合いに霊能力者がいる」なんてセリフが飛び出すなんて。でも……霊能力者ってなに？　なにする人？

　その夜、浩一は専くんの言う通り別の部屋で眠った。すると、義人くんの夢を見なかったんだって。不思議だわ。

　それから三日ほどして、専くんは、知り合いという、その「えらい先生」から話を聞けたからって、あたしと浩一の家へ行った。浩一はまだ学校を休んでいたけど、寝る場所を変えてから悪夢を見ないせいか、ちょっぴり良くなってたみたい。

「ほら、ここ」

　専くんが示した場所は、台所の窓の外の、小さな植えこみだった。浩一のお母さんが、そこにアイビーっていう草を植えたのはいいけど、手入れをしないからボウボウに伸《の》びてて、台所の外壁《がいへき》を伝って、その上の浩一の部屋の窓の下まで育ってた。

「多分、ここだと思うんだ」

　専くんは、厳しい顔で言ったわ。

「なにが？」

　浩一の質問に答えずに、専くんはアイビーの茂《しげ》みの中に手をつっこんで、土の部分をかきまわしてた。そして……。

「やっぱり」

専くんが土の中から取り出したのは、小さな人形のようなものだった。掌《てのひら》に載《の》るくらいの、フェルトかなにかで型《かた》を取って、中に詰《つ》め物をした、とても簡単な人形。でもその人形は、胸を釘《くぎ》で打《う》ち抜《ぬ》かれていた。そして、人形の身体には「中林浩一」って文字が！

「なに？　なに……これ⁇」

あたしも浩一も、わけがわからなかった。専くんは、あとからあとから、土の中から人形を取り出した。それは十も二十も、もっとあったわ。あたしと浩一は、いつの間《ま》にか、手を取り合って震えていた。身体が自然に震えてくるのを我慢《がまん》できなかった。ゾッとする。ものすごく嫌な感じがする。浩一の名前のついた人形を釘で打ち抜くなんて、これじゃまるで……。

「丑《うし》の刻《こく》参り……⁉」

専くんは、うなずいた。

「それと同じ種類の、呪《のろ》いのかけ方なんだって。もともとは『狐封《きつねふう》じ』っていって、動物霊を封じるためのものなんだって」

「呪い!?」

息が止まりそうだった。

信じられない。とても信じられないわ。こんな身近で、実際にこんなことをして、誰《だれ》かを呪う人がいるなんて！

「浩一を……呪っているの？　誰がそんなことっっ!!」

思わず大声が出たけど、その声も震えていたわ。

こんなことバカげてる。本当に呪いがきくのかどうか知らないけど、そうでなくてもこんな……こんなひどいこと！　こんな恐《おそ》ろしいこと!!

浩一も、まっ青《さお》になってたわ。今にも倒《たお》れそうだった。

「待ち伏せしてみよう。きっと来るよ。今夜も！」

専くんも怒《おこ》っているみたいだった。そうよ。絶対ゆるせない、こんなこと！　犯人をつきとめて、顔を見てやるわ!!

その夜。あたしと浩一と専くんは、物陰《ものかげ》にかくれて、あの植えこみを見張った。

胸の中に嫌なものがたまって、気持ちが悪かったわ。早くそのモヤモヤを犯人にぶつけたかった。

あたしはそのとき、怖いよりも怒っていた。あんなやり方、最低最悪だわ！　卑《ひ》怯《きょう》にもほどがあるわよ。文句があるなら堂々と言えばいいじゃない。

「しっ……！」

専くんが「静かに」と、合図した。

来た……！　来たんだわ!!

時間は、真夜中の二時すぎ。通りには誰もいない。街灯が一つついているだけ。

そいつは暗闇《くらやみ》にまぎれて、浩一の家の前庭になにげなく入ってきた。そして、台所の窓の下にしゃがみこんだとき、ピカッと、専くんがそいつの姿をライトで照らした。

「あっ……!?」

あたしたちは、固まってしまったわ。

「お……おばさん？」

それは、義人くんのお母さんだった。その手には、あの呪いの人形が、しっかりと握《にぎ》られていた。

おばさんは、大きく見開いた目で、あたしたちをじっと見てた。その顔は、あの上品でやさしいおばさんに間違いなかったけど、だけど……。

「え？　なに？　どういうこと？　おばさんだったの？　えっ⁇」

あたしはもう、大混乱だった。だって、つい一週間前の、義人くんの月命日《つきめいにち》に会ったばかりなんだもの。おばさんはいつもと変わらず、やさしく笑っていたわ。

あたしは、震えてきた。膝《ひざ》がガクガクして、今にもへたりこんでしまいそうだった。

浩一も専くんも、震えていたわ。

「ウソ……ウソでしょ⁉　おばさんが浩一を呪っていたなんて、そんなのウソよね」

言ってる声が震えた。舌を噛《か》みそうなくらい。

おばさんは、しばらくあたしたちを、それこそ穴のあくほど見つめると、ポッッと言った。

「義人は死んだわ……」

あたしは、ゾ――ッとした。まるで、地の底から響《ひび》くような声だったから。

「義人は死んだのに……なんで、あんたたちは生きているの？」

「え……？」

おばさんの目が、吊り上《つ》《あ》がってゆくのが見えたわ。あの、美人画のように上品で美しい顔がみるみるひきつって、歯を剥《む》き出《だ》して叫《さけ》んだの。

「義人のなにが悪かったっていうの？　あんたたちと同じようにしてきて、あんたたちとなにも違わないのに、なんで義人だけが死ななきゃならないのよ!! そんなの不公平よ!! そんなのゆるせないわ!!」

鬼《おに》のようだった……。

あたしたちは声も出せずに、ただ震えていた。

鬼になったおばさんは、怖ろしい叫び声を上げながら、浩一につかみかかってきた。

「お前も死ね――っ!!」

「いや――っ!! やめてえ――っっ!!」

あたしと専くんは、おばさんの身体に必死でしがみついたわ。その騒《さわ》ぎに、浩一のお父さんや近所の人たちが駆《か》け付《っ》けてくれた。

義人くんのお母さんはパトカーじゃなく、救急車に乗せられて行ったわ。いつまでも大声で、なにかをわめいていた。

あたしたちは、いつまでも震えが止まらなかった。なにが一番恐ろしかったって、おばさんは、あたしたちに見せるあのやさしい笑顔の裏で、実は浩一を呪っていたってこと。あんなにも激しく、あんなにも恐ろしく。最後には、そのあまりの大きさに、自分が押《お》しつぶされてしまうほど……。

人って、そんなにも誰かを憎《にく》めるものなの？ それでいて、それを隠《かく》して、笑っていられるものなの？

あたしは、泣いたわ。浩一も専くんも泣いていた。怖かったし、悲しかったし、義人くんが可哀《かわい》そうだった。おばさんも……そう、可哀そうだわ。

年《とし》の瀬《せ》も押しせまる頃。ようやく、なにもかも落ちついてきた。なんとかお正月は、おだやかに迎《むか》えられそう。

ある日、あたしは専くんに訊《き》いてみた。

「浩一の身体の具合が悪かったのは、やっぱりあの呪いのせいなの？　呪いって、ほんとに効くの？　そんなことってあるの？」

「人が、ほんとに心の底からそう願えば、それが通じることが本当にあるんだ。それは、呪いの力じゃなくて『その人の力』なんだって。結局は、その人がどれぐらい深く願ってるかなんだ」

あたしは、胸が痛んだわ。だって、おばさんの願いは浩一に届いてしまったのよ。おばさんは、それほど強く、深く、浩一を呪っていたということなんだもの。そして浩一の次は、きっと専くんを呪うつもりだったんだわ。

「恨みとか憎しみのほうが願いやすいんだって。そうだよな。許すことって、むずかしいもんな」

専くんは、ちょっと悲しそうだった。でも、すぐに元気な顔でこう言ったの。

「でもさ、だから『祈《いの》り』って、通じるんだよ。神さまとか仏さまに祈るだろ。家内《かない》安全《あんぜん》とか、病気を良くしてくださいとか。あれって、ホントに心をこめて祈りつづければ、きっと通じるんだよ」

素敵《すてき》な話だった。

なんだか心が洗われるっていうか、胸のモヤモヤがスーッと晴れるような。

「うん！　あたしもそう思う！」

あたしは、専くんを見直したわ。ただのポヤ〜ンとした少年じゃなかったのだ、彼《かれ》は。知り合いだという霊能力者って人のことも気になるし、いつか詳《くわ》しく話を聞きたいな。

とりあえず、あたしは祈ろう。

浩一が一日も早く、もとの元気を取り戻しますように。

義人くんのお母さんも、元気になりますように。

鬼《おに》ごっこ

鬼ごっこ、かくれんぼ、かごめかごめ、とおりゃんせ、お人形遊び——

子どもの遊びというのは、どこか不気味《ぶきみ》だ。子ども自身は、無邪気《むじゃき》に遊んでいるにすぎないが、その無邪気さが、いっそう薄気味《うすきみ》わるい。楽しそうに遊ぶ、
その中に「子ども以外のもの」がまじっていても、不思議じゃないような……。

そういうものをよびこむ力が、子どもたちにはあるような気がしてならない。

子どもたちには、そんな闇《やみ》の部分がある。

綾子《あやこ》は、敏感《びんかん》な子だった。

人と会えば、その人の奥《おく》に潜《ひそ》むもの。どこかへ行けば、そこの地下や影《かげ》に巣食うものの気配を感じるのだ。ただし、それははっきり感じられるわけではなく、感じたところでなすすべも知らず、綾子はいつも、漠然《ばくぜん》とした不安をかかえていることになる。人からすれば、綾子はずいぶんおとなしく、どことなくオドオドした、暗い子に見えたことだろう。当然、友だちも少なかった。

綾子が小学校に入学した日。

はじめてその校舎を見たとき、綾子はなんだか嫌《いや》な気持ちがした。校舎全体がザラザラして見える。廊下《ろうか》を歩くと、靴《くつ》の底が廊下にくっつく感じがする。

でも、そんなことは誰《だれ》にも言えない。言っても信じてもらえないことを、綾子は、もっと小さい頃《ころ》からの経験で知っていたからだ。自分の見えるもの、感じるものは、両親にはわからない。わかってくれようともしない。綾子は、ひとりで耐《た》えるしかなかった。

だが、それも毎日学校へ通っていると、少しずつ馴《な》れてくる。それでも綾子は、暗い場所、誰もいない場所には、けっして近よらないように注意していた。一年生、二年生と、そうして過ごしてきた。

しかし、綾子が三年生になった二学期のはじめ、奈津子《なつこ》が、転校してきた。

奈津子が先生についてクラスへ入ってきたとき、クラスが一瞬《いっしゅん》、シンとした。

奈津子は、可愛《かわい》らしかった。そして、恰好良《かっこよ》かった。つややかな長い髪《かみ》、はっきりした顔立ち、ミニスカートから伸《の》びた綺麗《きれい》な足。服装も持ち物もおしゃれで最新で、まるでファッション雑誌から抜《ぬ》け出《で》たモデルのようだった。クラスのみんなは、その存在感に圧倒《あっとう》された。

その中で、綾子はひとり、まっ青《さお》になっていた。

恐《おそ》ろしかった。綾子は、奈津子が恐ろしかった。綾子は思わず顔を伏《ふ》せ、いつまでもじっと下をむいていた。

そのとき綾子が感じた恐怖《きょうふ》は、綾子自身の運命を、奈津子の中に見たからなのかもしれない。

クラスに「女王様」がやって来た。奈津子のまわりに、たちまち取り巻きができた。綺麗で華《はな》やかな奈津子。花に群がる蜂《はち》のように、人は奈津子に惹《ひ》きつけられる。なにより奈津子自身が、自分が女王様であることを知っていた。奈津子は、こうして小さい頃から、誰はばかることなく自由気ままに生きてきたのだろう。その奈津子が、自分とはまったく正反対の綾子に目をつけるのに、そう時間はかからなかった。

「綾子の髪って、ヘン。ちゃんと毎日シャンプーしてる？　そうだ。あたしの使ってるシャンプーをあげるわ。一本、三千円もするのよ。使ってみれば？　そのクシャクシャの髪も、なんとかなるかもよ」

奈津子はそう言って、高らかに笑った。奈津子は、綾子と比べることで、自分の生活、知識、容姿すべてが、より際立《きわだ》つことが愉快《ゆかい》でたまらなかった。奈津子の取り巻きたちも、綾子を見下すことで、自分は綾子よりも上だと感じるのは心地《ここち》よかった。そして、それはより具体的ないじめへとエスカレートしていった。

　ある日。

　学校が終わり、綾子が帰り支度《じたく》をしていると、奈津子たちがやって来て言った。

「綾子、鬼《おに》ごっこしよう！」

「えっ⁉」

「いっしょに遊ぼう。あんた、友だちいないんでしょ。あたしたちが遊んであげる」

　その勝ちほこったような顔を見て、綾子はゾッとした。

「でも……でも、あたし、もう帰らなきゃ」

「一回だけ。一回だけね」

　奈津子は、面白《おもしろ》そうに言った。

「いい？　あんたが鬼よ、綾子。あたしたち四人を全員つかまえられたら、鬼を交代ね。それまではあんたがずっと鬼よ。いいわね！」

　奈津子は、一方的にまくし立てた。

「場所は第一校舎全部だからね。あんた、真面目《まじめ》に鬼すんのよ！　わかったわね‼」

　そう言って笑いながら、奈津子たちは教室を出ていった。

　綾子は、しばらく呆然《ぼうぜん》とつっ立っていた。不安が胸に広がる。秋も深まって、陽《ひ》が落ちるのが早くなっている。いつまでも学校に残っていたくない。

それでも、奈津子には逆らえない。そんな勇気もなければ、相手を適当にあしらう器用さもない。もちろん、綾子のそんなところを、奈津子はとうにお見通しだ。綾子は、のろのろと奈津子たちを追いはじめた。

「来た来た！」

「バカねー」

「鬼さん、こちら！　アハハハハ!!」

そして、奈津子たちは適当に逃《に》げ回《まわ》ったあと、ひとりずつこっそり帰ってしまったのだ。気がついたら、綾子はひとりで、いもしない相手を追いかけていた。そのときはもう、校舎が暗く陰《かげ》りはじめていたので、綾子は飛び上がり、家へ逃げ帰った。

あくる日。

「綾子！　あんた、誰もつかまえないうちに勝手に帰ったわね。もっとマジメにやんなさいよ!!」

怒鳴《どな》りながらも、奈津子の目は笑っていた。取り巻きたちもニヤニヤしている。

「今日もやるわよ。鬼ごっこ」

「で、でも、あたし……」

「言ったでしょ。全員つかまえたら鬼を交代するって。それまではあんたが鬼なのよ！」

「……」

鬼ごっこは、あくる日もあくる日もつづいた。

いつまでたっても、綾子には誰もつかまえられなかった。三階建ての第一校舎は広いし、奈津子たちは、結局は皆《みな》、途中《とちゅう》で黙《だま》って帰ってしまう。最初だけ逃げ回る奈津子たちを追いかけて、綾子は、校舎を上へ下へ駆《か》けまわった。そうして、いつも気がつくとひとりぼっちになっていて、慌《あわ》てて飛んで帰るのだった。

秋の陽はどんどん短くなり、放課後、校舎に残っている子どもの姿もめっきり減った。あるときなど、綾子がふと気づくと、長い廊下に奈津子たちどころか、自分以外ひとっ子ひとりいなくなっていて、悲鳴を上げたことがある。

「もうやめて」と頼《たの》んでも、「全員つかまえるまで、あんたが鬼でしょ」と、奈津子はそう言うばかりだった。面白そうに。

先生にも言えなかった。それどころか先生は「奈津子と綾子は、この頃仲がいい」とさえ思っているのだ。両親も「綾子が、学校で遊んでくるようになった」と、喜んでいる。

綾子は、本当のことなんて、言えなかった。

疲《つか》れ果てていた。

そして、この頃から、綾子は、校内に漂《ただよ》う妙《みょう》な気配を強く感じるようになった。授業を受けていると、耳元でブーンと蜂がうなるような音がして、はっと顔を上げることが多くなった。廊下を歩いていると、先のほうがグニャグニャと曲がって見えたりした。

空気がザラついている。

じっと立っていると、自分の身体《からだ》までザラついてくる感じがする。

綾子は、その気配に怯《おび》えた。なにかが起ころうとしていた。

そして――。

「さあ！　今日も鬼ごっこするわよ!!」

「オーニさーん、こーちら！　アハハハ!!」

奈津子たちが、笑いながら走って行った。

今日は天気が悪く、放課後の教室は、どんよりと暗く沈《しず》んでいる。クラスの他《ほか》のみんなは、もう帰ってしまったのか、教室の中に綾子はひとりぼっちだった。廊下を通る人もなく、校内が、なぜかシンとしている。

ブーン……と、耳元でまたあの音がした。

綾子は、おそろしかった。おそろしくて、悲しくて、涙《なみだ》があふれてきた。

綾子は、自分の机に突《つ》っ伏《ぶ》して泣いた。そのとき、

「かわいそうに……」

綾子のすぐそばで、声がした。

「いつもいつも、鬼をやらされて……」

子どもの声ではなかった。綾子は、少し顔を上げてみた。

足が見えた。

裸足《はだし》だった。

「わたしが、鬼をかわってあげる。あなたは、にげなさい……」

綾子は、顔を上げた。

鬼が、いた。

ふり乱した髪から突き出た二本の角《つの》。金色の目。カッと開いた口には、鮫《さめ》のような牙《きば》が三重に並んでいた。白い着物には、血がとび散っている。

鬼はしわがれた声で、やさしく言った。

「にげなさい。……つかまえたら、食べちゃうよ」

「きゃあああ――っ!!」

それきり、綾子は消えた。鞄《かばん》も靴《くつ》も残したまま。

校内はしばらく騒然《そうぜん》としていたが、時間がすぐに、すべてを過去へ流していった。ゆっくりと、でも確実に季節がうつってゆく。

奈津子はあいかわらず、四年生になっても五年生になっても女王様だった。六年生になる少し前にモデルにスカウトされ、中学からモデルの仕事をはじめるということで、奈津子はますますみんなの女王様だった。

いつの頃からか、放課後の第一校舎に鬼が出るという噂《うわさ》が立つようになった。天気の悪い日、放課後おそく教室とかにひとりで残っていると、廊下から鬼がのぞくというのである。実際に「見た」という二年生の女の子が登校拒否《きょひ》になって以来、足音を聞いたとか、悲鳴を聞いたとか、走る白い影を見たとか、鬼ごっこやかくれんぼをやってはいけないとか、いろんな話が乱れ飛び、第一校舎に入っている一、二、三年生たちは、戦々恐々《せんせんきょうきょう》としていた。みんな、学校が終わるやいなや、さっさと帰ってしまい、放課後の第一校舎は、いつも静まり返っていた。

その日は、朝から黒い雲が低くたれこめていた。放課後の校内は薄暗く、重苦しい感じがする。

三年生の男の子が二人、暗い廊下を早足で歩いていた。

その後ろから、パタパタと誰かが走るような音がした。

「な、なに？」

二人は、思わず立ち止まった。パタパタパタパタ……やはり、誰かが走ってくる。

「はっ、早く帰ろうよ！」

二人が駆け出そうとした、そのとき、

「鬼が来るよぉ――っ!!」

廊下の奥から、女の子の声がした。

「わあああ――っ!!」

「ぎゃ――っっ!!」

二人は飛び上がると、転げるように逃げていった。

「あっはっはっは!! キャハハハハ!!」

男の子たちをおどかしたのは、奈津子だった。隠《かく》れて様子を見ていた奈津子の取り巻きたちも、腹をかかえて大笑いした。

「ほんっと、ビビリまくりだね――っ!!」

「バッカみたい！　鬼が出るなんてウソ話に決まってるじゃない」

「これで、また噂話がひとつ増えるわよ。僕《ぼく》たちは鬼に追いかけられたってね！」

奈津子たちは、またひとしきり大笑いした。

「でも、なんで鬼が出るなんて話が出たのかなあ」

「ただの『学校の怪談《かいだん》』よ。どこにでもあるでしょ」

「あたしたちも、よくやったわよね。『鬼ごっこ』」

奈津子は、フフンと鼻を鳴らした。取り巻きたちは、一瞬顔を見合わせて苦笑いした。

「ああ……」

「そうね」

奈津子たちも、綾子はいったいどこへ行ったんだろうとは思った。嫌な気持ちがしないでもない。でも、自分たちに責任があるとはサラサラ思っていないし、綾子がどうなろうと関係のないことだった。

「あ、降ってきちゃった」

雨が降りはじめ、校舎の中はいっそう暗く、重く沈んだ。

長い廊下には奈津子たち以外誰の姿もなく、静かに、静かに、雨音だけが響《ひび》いている。

「もう帰ろうよ」

取り巻きのひとりが、そう言ったときだった。

パタパタパタ……

暗い廊下の奥から、誰かの走る音が聞こえた。ハッと、全員が振《ふ》り返《かえ》る。

パタパタパタ……パタパタパタ！

走る音は、だんだん激しくなってくる。必死で走ってくるという感じだ。

「誰よ!!」

奈津子が叫《さけ》んだ。そのとたん、

「ぎゃ――っ!!」

走ってくる者が悲鳴を上げた。みんな飛び上がったが、奈津子はひるまない。

「イタズラよ！　鬼の話をデッチ上げたやつがやってるんだわ!!」

「でもっ……なっちゃん、あれ……!!」

暗い廊下の奥から走ってきたのは、小さな女の子だった。

「ぎゃ――っ!! ぎゃ――っ!!」

目をむき、恐ろしい叫び声を上げるその顔は、恐怖でひきつっていた。女の子は奈津子たちには目もくれず、あっという間《ま》に廊下を走り抜けて行った。奈津子たちは、呆然とそれを見送った。

「なに、あれ……!?」

さすがの奈津子も、ちょっと冷《ひ》や汗《あせ》が出た。

「あ……綾子! 今の、綾子だった!!」

女の子のひとりが叫んだ。

「ええっ!?」

「うそ!! なに言ってんの!?」

その子はまっ青《さお》で、ガチガチ震《ふる》え出した。

「綾子だった……綾子だった!! あの子、あのときのまま……! 服も、顔も……三年生のままだった!!」

奈津子たちの記憶《きおく》に、あの日の綾子がよみがえってきた。

「ウソよ……ウソ!!」

汗が吹《ふ》き出てきた。膝《ひざ》が自然と震えた。奈津子たちは、その場に凍《こお》りついた。

そのとき、ペタペタペタと、妙な音が聞こえた。なにか、廊下を裸足で走るような……。

ペタペタペタ……。暗闇《くらやみ》から、白い影《かげ》が姿を現した。

鬼だった。

ふり乱した髪《かみ》。二本の角《つの》。両目をギラギラ輝《かがや》かせ、大きく開けた口は、笑っているようだった。

「ぎゃああ――っ!!」

女の子たちが、いっせいに逃げ出した。しかし、奈津子だけはその場を動かず、鬼を睨《にら》みつけた。

「ウソよ！　こんなのウソ!!　誰かのイタズラよ!!　変装してるのよ!!」

そう叫ぶ奈津子の両腕《りょううで》をガッシとつかんで、鬼はうれしそうに言った。

「つーかまーえた」

奈津子の目の前で、鬼の口がクワッと開いた。

奈津子とその友だち、あわせて四人の女の子が行方《ゆくえ》不明《ふめい》となり、町中が大騒《おおさわ》ぎになった。しかし、それも時がたつにつれ忘れ去られてゆき、やがて、学校にはまた、もとの静けさが戻《もど》ってきた。

「鬼が出る」という噂は「本物の鬼が鬼ごっこをしている」と形を変え、いまも子どもたちに語りつがれている。

「はじめよりも人数が増えているらしい」という話もあり、天気の悪い放課後に鬼ごっこをすると「本物の鬼ごっこに引きこまれてしまう」ので、子どもたちの間では鬼ごっこをしてはいけないことになっている。

いまも第一校舎では、綾子たちの「鬼ごっこ」がつづいている。

忘れもの

いつものように朝起きて、ご飯を食べて、学校へ行く……。
いつもと、なにひとつかわらない生活。特になにごともなく過ぎてゆく毎日。
だけど、それが違《ちが》っていたら？
今、君は、本当にそこにいて、この本を読んでいるのか？
本を読んでいるのは、本当に君か？
そう思っているだけじゃないのか……？

「どこ行ってたの、亜矢《あや》!? 心配してたのよ!!」

万里子《まりこ》の大声が、キャンプ場にこだました。

「エヘヘ」

亜矢は、ちょっとバツが悪そうに頭をかいた。

万里子と亜矢と、仲のいい女の子たち五人は、今日は山間《やまあい》のキャンプ場へ、ハイキングに来ていた。

秋の日のさわやかな日曜日。山はほんのりと紅葉し、空気はどこまでも澄《す》んでいて、歩いていて、とても気持ちが良かった。

万里子たちは、ハイキングコースをたどり、キャンプ場でお弁当を食べると、花をつんだり、森の中を散歩したりして楽しく過ごした。ところが、みんながふと気づくと、亜矢の姿が見えなくなっていたのだ。

　亜矢はいつもどこかちょっとぬけてる女の子で、よくみんなから「ボヤッとしない」と、注意されることから「ポヤ」と呼ばれていた。

　なんでもないところでつまずく、人の話を聞き間違える、文字を読み間違える、おしゃべりしながら歩いて、壁《かべ》や柱にかならず一回はぶつかるし、道路をふらっと渡《わた》ろうとして、車にはねられそうになったことは数知れず。

「もーっ、亜矢ったらボヤッとしないでよ！　信号、赤でしょーっ、よく見なさいよ!!」

　と、怒《おこ》られても、亜矢はいつもバツが悪そうにエヘへと笑うだけで、あいかわらずボヤッとしているのだ。中でも忘れものは、日に一回はかならず、といった具合で、これには担任の堺《さかい》先生も手を焼いていた。修学旅行のとき、亜矢はサイフを丸ごと忘れてきて、ジュース一本、おみやげひとつ買えないのを、堺先生が立てかえたこともあった。

「来年は高校受験なんだから、もうちょっとしっかりしないとねえ」

　と、先生はなかば諦《あきら》め気味に言う。

　ハイキングの朝も、万里子たちは、まず亜矢の家まで出向いていって、持ちもののチェックをした。

「亜矢、ハンカチ持った？　ティッシュ持った？」

「お弁当も持った、ポヤ？」

「靴下《くつした》、左右履《は》き違えてないわね!?」

「ハーイ、大丈夫《だいじょうぶ》でーす！」

この日、亜矢はめずらしく忘れものをしていなかった。

こうして、みんなは気持ちよくハイキングを楽しんだのに。

亜矢がいないのに最初に気づいたのは、万里子だった。

「ちょっと……！　亜矢はどこ!?」

「え？　さっきまで、そこで花をつんでたけど」

みんなは手分けして、あちこちを探した。

「ポヤーッ、どこー？」

「キャンプ場へ戻《もど》って来なさーい！　ポヤー!!」

森の中、キャンプ場周辺を、どれぐらいそうやって探し回っただろう。陽《ひ》もかたむき、これはいよいよ深刻な事態になってきたぞと、みんなが思いはじめたとき、亜矢が、突然《とつぜん》姿を現した。本当に「突然」という感じだった。

「どこ行ってたの、亜矢!? 心配してたのよ!!」

みんなが、亜矢のまわりにワッと集まった。

「どうしたの、ポヤ？ どこ行ってたの？」

「うん。なんかよくわかんないけど、すべって転んじゃったの」

「ええ？ どこで？」

「向こうのほう……」

亜矢は、みんなを現場に案内した。

そこは、キャンプ場のトイレの裏手にある、深さ三〜四メートルほどもある穴だった。穴のまわりは落ち葉が降り積もって滑《すべ》りやすくなっているし、穴の中は、腐《くさ》った落ち葉やらゴミやらで汚《きたな》く、底には泥水《どろみず》がたまっている。ふつうなら、誰《だれ》も近よらないような場所だ。

「あんた、こんなとこでなにしてたのよ、ポヤ？」

万里子たちは、呆《あき》れ返った。

「ここに落ちたの？」

「うん、そうみたい……」

万里子は亜矢の身体《からだ》を調べたが、べつに怪我《けが》もなく、しかも……。

「こんなとこに落ちたのに、服とかも、あんまり汚《よご》れてないね」

と、万里子はちょっと不思議に思った。

「まー、でも良かったじゃない、なんにもなくて」

みんなは、やっとホッとした。

「ごめんね」

亜矢は、またエヘへと笑った。

だが、異変は、そのときからはじまっていた。


「ねえ、マリちゃん」

「ん？」

「あたし……なにか、忘れものしてない？」

あくる日、四時間目が終わったとき、亜矢がふと、こう尋《たず》ねてきた。万里子は、ちょっと驚《おどろ》いた。

「……今んとこ、べつになにもないと思うけど。お弁当、ちゃんと持ってきた？」

「うん」

「六時間目は体育よ。体操服、ハチマキ、運動靴、みんな持ってる？」

「うん」

「じゃ、大丈夫じゃない」

「ん……そうだね」

亜矢が自分からこんなことを言い出すのは珍《めずら》しい。はじめてなんじゃないかと、万里子は思った。

その日。学校も終わって、亜矢はいつもの通り家へ帰った。

しかし、自分の部屋の机の上に鞄《かばん》を置くと、亜矢は妙《みょう》な気分になった。

「なんか……忘れものしてるような気がする。なにか学校に忘れてきたのかな」

亜矢は、鞄をひっくり返してチェックした。教科書もノートもちゃんとある。お弁当箱は台所へ置いてきた。体操服は洗濯機《せんたくき》へ入れてきた。宿題その他は予定表に書いてある。完璧《かんぺき》だ。それでも、胸の中のモヤモヤは晴れない。

「なんだろう。まだなにか忘れてる気がする。なんなの……？」

亜矢は寝《ね》る前、明日の用意を念入りに行った。宿題もした。シャープペンシルの芯《しん》も補充《ほじゅう》した。下敷《したじき》も忘れていない。調理実習で使うお米も持った。

「よし。これで大丈夫！」

亜矢は自分に言いきかせた。

その夜、亜矢は夢を見た。

暗い、暗い、どこまでも暗い闇《やみ》の中から、亜矢を呼ぶ声がする。

『忘れてるよ。ここに忘れてるよ。

早く気づいてよ……』

どこかで聞いたようなその声は、一晩中、亜矢に呼びかけてきた。

『忘れてる……忘れてるよ……』

「ボヤッとしないでよ、ポヤ！」

万里子が、亜矢の背中をポンと叩《たた》いた。

「あっ、マリちゃん」

「おはよーって言ってんのに」

「ごめん……おはよう」

「マリちゃん、あたし……忘れものしてない？」

「どうしたの？」

「ん――、今日忘れてまずいものは、数学の宿題とお米ね」

「どっちも大丈夫」

「なら、OK《オーケー》よ」

ホッとしたいところだが、亜矢は、まだなんとなく不安だった。

心のどこかに、なにかが澱《おり》のように固まって沈《しず》んでいる。忘れものなんて、今までたいして気にしたこともなかったのに（それでみんなに迷惑《めいわく》をかけたことは悪いけど）、どうして急に、こんなに気になるのだろう。

亜矢は、予定表に細かいところまでキッチリ書きこんで、忘れものに神経をとがらせた。だがその夜も、「声」は亜矢に、同じことを呼びかけてきた。

『早く気づいて……。早く見つけてよ。

こんなとこに忘れていっちゃ、だめ……』

暗い闇の向こうから聞こえる、聞き覚えのある声。

「誰だったんだろう? なんのことを言っているんだろう?」

亜矢は、夢の中で考えつづけた。

「この頃《ごろ》、忘れものをしないね。ようやく君にも自覚が出てきたか」

堺先生は、亜矢の肩《かた》をポンポンと叩いた。亜矢は笑ってこたえたが、その笑顔《えがお》はどこか、ひきつっていた。

「ほんと、ポヤは、しっかりしてきたよねえ」

「忘れものもしないし、ちゃんと、前向いて歩くし」

「アハハ! それってフツーのことじゃん」

「でも、もう『ポヤ』じゃなくなってきたよね」

友だちも感心していた。

「本当に、急にどうしちゃったのかしらね。亜矢、ひょっとして好きな男の子とかできたんじゃないの?」

冗談《じょうだん》めかして言う万里子に、亜矢は不安気に言った。

「マリちゃん、あたし、なにか忘れものしてない?」

そのときの亜矢の目が、万里子には、まっ暗に沈んで見えた。

「どうしたの、亜矢？」

「あたし……なにかいつも……なにか、忘れものをしてるみたいで、気になって」

「亜矢、もしかしてハイキングのときのことを気にしてるの？」

「ハイキング」という言葉に、亜矢は、ハッと胸を衝《つ》かれた。

「ハイキングのとき……」

「気にしなくていいのよ、亜矢。もう、誰も怒ってないから。あたしたち、いつもあんたのことボヤッとしてって言ってるけど、本気で怒ってるわけじゃないのよ。無理しなくていいのよ」

万里子はそう言って、亜矢の背中をやさしく撫《な》でてくれた。

「うん」

と、亜矢は返事をしたが、万里子の話にはうわの空だった。

「ハイキング……」

亜矢の頭の中で、この言葉がぐるぐるまわった。

その夜、亜矢はまた夢を見た。

サクサクサクと、落ち葉の中を歩くような音がする。

暗い、暗い闇。

『忘れものを取りにきてよ。

こんなとこへ置いておかないで』

声は、亜矢に呼びかけた。

「なにを忘れてるんだっけ？ あたし、なにを忘れているんだっけ？」

亜矢は、必死に考えた。

サクサクサク
サクサクサク
「ここは……？」

亜矢は、暗闇の中に立っていた。ふと足もとを見ると、落ち葉を踏《ふ》みしめていた。

「ここは……」

足もとで、カサッと音がした。

「？」

落ち葉の中から手が二本出てきて、亜矢の足首をつかんでいた。

「きゃあああ――っ!!」

亜矢は、布団《ふとん》の上に飛び起きた。

「なんなの？　あの手はなんなの⁇」

身体が芯から震《ふる》えた。亜矢はおそろしくて、朝まで一睡《いっすい》もできなかった。

その日の夕食のあと、

「亜矢、あんた、この頃、ご飯をよく残すのね」

と、お母さんが言った。

「え？　ちゃんと食べてるよ」

「でも、お弁当だって、いつも半分くらい残してるじゃない。どこか具合でも悪いの？」

食欲は確かにない。胸にわだかまるモヤモヤは、日を追って大きく重くなる一方で、忘れものに対してますます神経をとがらせる毎日だ。亜矢は、内心ゲッソリきていた。

「まあ、痩《や》せてきてもないし、顔色も悪くないからいいんだけど。念のために、今度病院へ行ってみる？」

お母さんに言われて、亜矢は、またハッとした。

鏡の前に立つ。そこには、べつにふだんと、なにもかわらない自分の姿があった。

おでこにポツンとひとつあるニキビもそのまま。そのまま……？

「いつからあったっけ、このニキビ？　全然、なおらない……」

亜矢は、ニキビに触《さわ》ってみた。痛くも痒《かゆ》くもない。そのとき、ふと自分の指を見た。

「そういえば……いつ、爪《つめ》を切ったっけ？」

たしか、ハイキングに行く前に切ったような……。それからは？　記憶《きおく》がない。爪はみじかく、まるいまま。ハイキングの前に切ったのが最後なら、もう二週間たっている。

「爪って……そんなに伸《の》びないものだったっけ？」

漠然《ばくぜん》と、不安がよぎる。

なにか変だ。なにか……。

サクサクサク
サクサクサク

落ち葉をふみしめる。

暗い闇の向こうに、白い手が見えた。落ち葉の下から突き出ている。

亜矢は、おそろしかった。その二本の手が、たまらなくおそろしかった。

白い手は、ゆっくりと亜矢を手招きした。

「ああっ……いや、こわい!!」


ガバッと、飛び起きる。布団の上で、亜矢はゼィゼィ喘《あえ》いだ。喉《のど》がひきつる。

「なんなの？　いったいなんなのよ！　どうなっちゃってるのよ!!」

夜明け前の薄闇《うすやみ》の中で、亜矢は泣いた。

地面から生える二本の白い手が目に焼きついて、はなれなかった。

あれが、呼んでいるのだ、亜矢を。そう思えた。そう感じた。

あれは、なんなのだろう。人なのだろうか。幽霊《ゆうれい》なのだろうか。なぜ、亜矢を呼ぶのだろうか。なぜ、あれが「忘れものをしているよ」などと、呼びかけてくるのだろうか。考えれば考えるほど、亜矢はおそろしかった。身体がガタガタ震えた。でも、ひとしきり泣いたあと、亜矢は自分に言いきかせるようにつぶやいた。

「……行かなきゃ」

まだおそろしかった。しかし、どうしても、そうしなければならないのだと思った。

「行かなくちゃ……！」

あくる日。亜矢は、万里子に話した。

「え？　あのキャンプ場へ、もういっぺん行きたいって？　なんで？」

「わかんないの。でも、もう一度、行きたいの。どうしても、どうしても、行きたいの。あたし……あそこへ、忘れものをしてきたみたいなの」

亜矢は真剣《しんけん》だった。そして、深刻だった。

「忘れものって……なによ、今になって」

亜矢は、首を振《ふ》った。

「どうしたの、亜矢？」

万里子は、亜矢の顔をのぞきこんだ。

この頃の亜矢は、おかしい。忘れものをしないよう気をつけているのはいいけれど、それも唐突《とうとつ》すぎるし。亜矢がそんな風になればなるほど、なぜか、亜矢が亜矢でないような気がするのだ。万里子はときどき「あなたは、ほんとに亜矢なの？」と、尋《たず》ねたくなるときがある。どこがどういうことはないのだが、なにか、この目の前に確かにいるはずの亜矢がなにか……本物でないような……。そう、ちょうどSF《エスエフ》映画で、本人も知らないあいだに、べつの生き物と中身がすりかわってしまった……そんな感じ。万里子は、自分で自分の考えにゾッとした。

「わかったよ、亜矢。じゃあ、今度の日曜日に、またみんなでハイキングに行こう」

「うん」

亜矢は、小さくうなずいた。


日曜日。

すこし肌寒《はださむ》いけれど、お天気は最高に良かった。山は、紅葉の盛《さか》りを過ぎようとしている。足もとに落ちた枯《か》れ葉《は》をふみしめながら、女の子たちはハイキングコースを気持ちよく歩いた。

「でもさー、もう一回同じとこへ行きたいなんて、ポヤも変なこと言うよね」

「ねー。おまけに着てる服も、こないだと同《おん》じよ、上から下まで。なにかのおまじないなの、亜矢？」

「え……!?」

友だちに言われて、亜矢は、はじめて気がついた。言われてみれば、クリーム色のセーターに紺色《こんいろ》のキュロット、紺色のハイソックスは、前と同じだ。そんなつもりはなかったのに。そういえば、いつの間にこの服に着がえたのだろう。この頃、記憶がよく途切《とぎ》れる。

胸がドキドキした。不吉《ふきつ》な予感がする。

亜矢は、道の向こうを見た。キャンプ場は、すぐ前の林を抜《ぬ》けたところにある。しかし、林の中はどんよりと暗くて、向こうがわは見えなかった。

「お天気悪いね」

みんなが、いっせいに亜矢を見た。

「なに言ってんの、亜矢？　きょうは日本晴れじゃない」

今度は、亜矢がみんなを見つめ返した。その目がこわいくらい暗かったので、今のは冗談《じょうだん》ではなかったのだと、みんな思った。

亜矢は突然、スタスタとみんなの先に立って歩き出した。

「亜矢!?」

それは早足なんていうものじゃなく、まるで走っているようなスピードだった。

「待ってよ、亜矢！」

「ポヤ⁉　どうしたの、ポヤ！」

万里子たちには耳もかさず、亜矢は、山道を吸い寄せられるように、奥へ奥へと入っていった。その尋常《じんじょう》ではない様子に、みんな慌《あわ》ててあとを追った。

亜矢は、あの夢の中のように、まっ暗な中を歩いていた。ただひたすらサクサクと、サクサクと落ち葉をふみしめながら。

キャンプ場が近づいてくる。どんどん近づいてくる。亜矢の胸は、恐怖《きょうふ》で張りさけそうだった。

「こわいよ……！　こわいよ‼」

そう思いながらも、足はいっこうに止まらない。

キャンプ場へ入ると、その恐怖はいよいよ増した。おそろしいものが、そこにいる。亜矢を待っている。

亜矢は、恐怖に震える自分の身体《からだ》を、自分で抱《だ》きしめた。その瞬間《しゅんかん》、亜矢はさらに、とてつもない恐怖にかられた。

――ない！　身体が、ない‼

「亜矢！　待ちなさいってば!!」

万里子が後ろから、亜矢の肩《かた》をガシッとつかんだ。

「もう、あんたってば、なにひとりでスタスタ……」

「わああ——っ、マリちゃん!!」

亜矢は、万里子の身体にしがみついた。

「どっ、どうしたの!?」

「ないよ……ない!!　身体がないよ!!」

「えっ、なに？」

亜矢は、恐怖で顔をひきつらせながら叫《さけ》んだ。

「カラッポなの！　あたしの身体……カラッポなのよ!!　なんで？　なんでなの!?」

自分の身体を抱きしめたその瞬間、亜矢は、自分には身体がないのだとわかった。そう感じたのだ。両手になんの感触《かんしょく》も伝わってこなかった。抱きしめたはずの自分の身体が、そこにはなかった。

泣きじゃくる亜矢を抱きしめて、万里子はなにがなんだかわからなかった。他《ほか》の女の子たちも、呆気《あっけ》にとられて見ていた。しかし、

「マ、マリちゃん。あれ……」

女の子のうちのひとりが、立ち木の間を指さした。

キャンプ場のトイレの裏手。この前、亜矢が滑《すべ》り落ちたという穴が、ポッカリと口を開け、底が見えていた。落ち葉とゴミと汚水《おすい》のたまったそこに、人間の手が二本、生えていた。

「キャアアー――ッ!!」

女の子たちが悲鳴を上げる。

「や、やだ……うそ!!」

「えっ、なに? もしかして……死体?」

万里子たちは、しばらくその場に固まってしまった。その中から、亜矢がひとり、フラフラと進み出た。

「亜矢?」

亜矢は、静かにうなずいた。

「やっぱり……」

「なにか知ってるの、亜矢?」

万里子たちは、驚《おどろ》いた。

「やっぱり、ここだったのね。やっぱり……」

そう言いつつ、亜矢は穴の中へ、斜面《しゃめん》を降りはじめた。

「なにするの、亜矢!?」

「あぶないよ!!」

亜矢は、三〜四メートルもあるその深みを、それこそ滑るように、スルスルと降りていった。万里子たちには、とてもそのあとを追えなかった。

「亜矢!!」

亜矢は底へ降りると、二本の手の側《そば》に立った。

「亜矢?」

「さ、殺人事件よ、きっと! 死体が埋《う》められてるのよ!!」

「警察に知らせなきゃ!」

「あたし、降りてみる」

「マリちゃん!?」

万里子は上着を脱《ぬ》ぐと、それをロープがわりに友だちに持ってもらい、穴の下へと降りはじめた。斜面は、思ったよりずっと滑りやすく、穴のふちで足を踏み外そうものなら、底まで一気に落ちてしまいそうだった。

「こんなとこ、亜矢は、よく平気で登ったり降りたりしたわね」

と、万里子は妙な思いがした。

上に残った女の子三人に支えてもらい、どうやらこうやら、下に降りられたが、万里子の足も服も泥《どろ》だらけになった。地面は腐った落ち葉とゴミだらけで、そのすぐ下は汚水で水びたしだった。体重がかかると、足もとがグシュッと音を立てて沈《しず》む。なにかが腐ったような臭《にお》いも立ちこめていた。万里子は、ゾーッとした。

「亜矢、早く上へあがろう！　ねえ、亜矢!!」

しかし、亜矢は二本の手を見つめたまま、呆然《ぼうぜん》としている。

「マリちゃん、あたしね……ずっと気になってたの」

「亜矢……？」

「なにが？」

「忘れものしてるって」

「ここに？　うん、そう言ってたわね」

亜矢はしゃがみこむと、二本の手が埋まっているあたりの落ち葉を払《はら》いはじめた。

「亜矢、なにやってるの!?　そんなことしちゃだめ！　それには触《さわ》っちゃだめよ！

いま、警察の人を呼んでくるから!!」

そう言いながら亜矢に近よろうとしたとき、万里子の足が、一気にズブズブと落ち葉の下へ沈んだ。

「きゃあっ!?」

万里子は後ろへ飛びのいた。右足が、膝《ひざ》の下までまっ黒に汚《よご》れている。

「う……うそ」

穴の中心は、汚水のたまった沼《ぬま》だったのだ。落ち葉に隠《かく》れて見えなかったのだ。

万里子は、愕然《がくぜん》とした。

「じゃ……じゃ、なんで、亜矢はそこにいられるわけ……?」

頭の中が、まっ白になった。わけがわからなくて、考えが止まってしまった。その凍《こお》りついた心の底のほうから、じわじわと、じわじわと、恐怖がせまってきた。

「マリちゃん、どうしたの!? 大丈夫《だいじょうぶ》?」

友だちの声も、もう万里子の耳には入らなかった。

亜矢は、一心不乱《いっしんふらん》に枯れ葉やゴミを払いのけていた。やがて、手の主《ぬし》が落ち葉の下から現れた。女の子たちは、穴の淵《ふち》から身を乗り出した。

「見て! やっぱり死体だわ!!」

泥まみれで横たわるその首が、奇妙《きみょう》に捻《ねじ》れている。それが死因なのだろう。しかし、みんなはそれよりももっと妙なことに、目が釘《くぎ》づけになった。

「ちょっと……あれって……」

その死体は、女の子だった。クリーム色のセーターに紺色のキュロット、紺色のハイソックス。それは、かたわらにしゃがみこんでいる亜矢と、そっくりそのままだった。そして、その顔も……。

「……」

全員、言葉を失った。

「そう……やっぱりだ。呼んでる声は、どこかで聞いた声だと思ってたの」

亜矢は、死体を見下ろして泣いた。あの夢が、なぜあんなにもおそろしかったのか、よくわかった。

「あたし、認めたくなかったんだ、こんなこと。こんな……」

亜矢は、万里子のほうを見た。万里子はまっ青《さお》で、ガタガタと震《ふる》えていた。

「マリちゃん……あたしって、ほんとにバカだね」

万里子の目の前から、まばたきのうちに亜矢の姿が消え失《う》せ、なにもない空間から、亜矢の声だけが聞こえた。

「こんな忘れもの、するなんてさ……」

シン、と静まりかえった森の中。ゴミだらけの穴の底の汚《きたな》い水の上に、亜矢の身体はポッカリと浮《う》かんでいた。

そして、それはよく見ると、死後何日もたった腐乱《ふらん》死体だった。

亜矢のお母さんが、洗濯物《せんたくもの》を干し終えて二階から降りてくると、台所のテーブルの上に、亜矢に用意した朝ご飯が、お箸《はし》の位置もそのままに、そっくり残っていた。

「あら、あの子ったら、ひと口も食べてないわ。……変ねえ、確か、ごちそうさまって聞こえた気がするんだけど……」

お母さんは、ちょっと首をかしげた。

聖《せい》母《ぼ》

偶発的《ぐうはつ》サイ体験——つまり、超能力者《ちょうのうりょくしゃ》でない人が、偶然に体験する超常現象のことである。たとえば「正夢《まさゆめ》」だ。人は誰《だれ》でも潜在的《せんざい》に超能力を持っていて、なにかのきっかけでそれが表に出てくることがある。

家族や恋人《こいびと》など、身近な人にせまった危機をテレパシーで察知する、というケースが多い。「運命の人」の面影《おもかげ》などを夢などで見ることもあるだろう。それが後《のち》の恋人だったりしたら、二人は「運命の赤い糸で結ばれていた」と言われることになる。

六年生になって、弘子《ひろこ》たち四組は、理科室の掃除《そうじ》当番に当たった。

放課後、理科室に行くのは、なんとなくこわい。人体模型やいろんな標本は、授業の時間以外に見ると、どうしてあんなに薄気味《うすきみ》悪いのだろう。棚《たな》の奥《おく》には、人間の赤《あか》ん坊《ぼう》のホルマリン漬《づ》けがあると、もっぱらの噂《うわさ》だし、夜中にその子が泣くなんて話もある。クラスの女の子たちは、いつまでたっても、理科室の掃除に馴《な》れなかった。

でも、弘子は違《ちが》っていた。

べつに、理科室が好きなわけじゃない。はじめは、弘子も理科室に掃除に行くのは嫌《いや》だと思っていた。

それは、はじめて理科室の掃除に行った日。

弘子は、理科室の隣《となり》の理科準備室を掃除していた。理科準備室は小さくてせまい上、実験道具や本や先生の私物が山と積まれている。部屋の奥に机がひとつ置かれていて、その上もいろんなものでゴチャゴチャしていた。

「こんなとこ、掃除してもしなくてもいっしょよ」

弘子はため息まじりで床《ゆか》を掃《は》き、ゴミを拾った。

そして、机の前でふと顔を上げたとき、「その人」と目が合ったのだ。

それは、壁《かべ》に掛《か》けられた小さな絵だった。絵の中から、子どもを抱《だ》いた女の人が、弘子を見つめていた。

「……」

弘子はその瞬間《しゅんかん》、なんとも言いがたい気持ちになった。しばらく、ポカンと絵に見入っていた。目が、心が、その絵に吸い寄せられ、離《はな》れられない感じがした。友だちに「もう行くよ」と声をかけられ、やっと我に返ったくらいだ。

あくる日、弘子はまた準備室へ行って、その絵を見てみた。やはり、同じ気持ちがした。

胸が締《し》めつけられるように切ない、それでいて、とても暖かい感じ。長い間忘れていた、なつかしいものに出会った感じ。弘子は、どうしてこんな気持ちになるのかわからなかった。

「よくわからないけど、あたしはこの絵が好きなんだわ」

弘子はそう思った。

以来、弘子は掃除当番以外でも、昼休みや放課後、たびたび理科準備室に入りこんでは、その絵をながめていた。

淡《あわ》いグリーンの長い衣《ころも》をまとった「その人」は、やさしそうで、たおやかで、見ているだけで心がなごんだ。いつまでもいつまでも、見つめていたい気持ちになった。

ある日、理科準備室に行くと、いつもこの部屋を使っている村上《むらかみ》先生がいたので、弘子は絵のことを訊《き》いてみた。

「だいぶ前から、ここに掛かっていたなあ。もう誰のものかわかんないや」

と、先生は、顎《あご》をゴシゴシこすりながら言った。そして、これは「聖母子像《せいぼしぞう》」という絵で、イエス・キリストを抱く聖母マリアを描《えが》いたものだと教えてくれた。

「聖母マリア……」

弘子はうなずいた。道理でやさしい表情をしているはずだ。

「お母さんだからなんだ」

小さな胸が、キュッと締めつけられた。

弘子のお母さんが亡《な》くなったのは、弘子が二年生のとき。どんなお母さんだったのか、お母さんとどんな風に過ごしたのか、弘子にはおぼろげな記憶《きおく》しかなかった。

それからは、その絵と過ごす時間がいっそう増えた。弘子は、聖母と見つめ合い、話しかけたりした。

「あたしね、あなたを知っている気がするの。なんだか、どこかで会ったような感じがするのよ。はじめは、お母さんに似てるのかなって思ったけど、写真を見ると違ったし……。じゃあ、どうしてこんなに親しい気持ちってゆーか、あ、やっと会えたって、そんな感じがするのかなあ……ねっ!?」

なにも言わず、ただやさしく見つめてくれる聖母と静かな時間を過ごす。弘子はとても幸せだった。

その日、いつものように弘子が夕食の買い物をして帰ると、お父さんが信彦《のぶひこ》をつれて、ちょうど帰ってきたところだった。

「お父さん、今日は早いね」

「おう！　ただいま、弘子」

いつも、お父さんは仕事の帰りに、保育園へ信彦を迎えに行ってから帰ってくる。弘子はその間に、夕食の準備などをしておく。お母さんが亡くなってから、ずっとつづけてきたことだ。いまでは、もうすっかり「主婦」が板についた弘子である。

夕食を二人で作りながら、弘子はお父さんの様子がいつもと違うことに気づいていた。なんだかソワソワしている。ご飯のときも、ビールを飲むスピードが早い。「一本だけ」と決めているビールを、たちまちあけてしまった。弘子は、信彦にご飯を食べさせながら、さりげなく訊いてみた。

「今日は、もう一本飲む？」

お父さんは、ブホッと咳込《せきこ》んでから苦笑いした。

「そういう言い回し、お母さんにソックリだ」

「そう!?」

弘子も笑った。

お父さんは、ひとつ咳ばらいし、弘子の前できちっと正座した。

「弘子……。お父さん、再婚《さいこん》しようと思う」

「……」

「お前にも、ノブにも、やっぱり母親は必要だしな」

弘子は、なんとこたえていいかわからなかった。

「……嫌か？」

お父さんが弘子の顔をのぞきこんできた。弘子は、頭をブンブン振《ふ》った。お父さんは、ちょっとホッとした顔をした。

嫌じゃない。嫌じゃないというか、わからないのだ。お父さんが再婚するということは、お母さんができるということだ。それは嫌じゃないけれど……。弘子は、なんだかものすごく複雑な思いがした。

あくる日。弘子は、昼休みになるのを待ちかねて、理科室へ走った。

「あの人」に会いたい。話をしたい。弘子の胸は、はちきれそうだった。

理科準備室へ入ると、小窓から光が斜《なな》めに射《さ》し込《こ》んで、絵の掛かる机の上に、小さな日だまりができていた。やわらかな光の中で、聖母は静かに微笑《ほほえ》んでいた。

気持ちが、すーっと落ちつく。

まるで、暖かな毛布にくるまれるように、不安におびえていた心が静かになる。

弘子は、絵の前に立った。

「お父さんが再婚するの……」

聖母は、じっと聞いていた。

「いいのよ、あたし……べつに嫌じゃないの。ほんとうよ。ただ……」

お母さんが亡くなったとき、弘子には悲しんでいる暇《ひま》はなかった。

『お父さんと二人で、がんばってノブを育てよう』

と、お父さんに言われたとき、弘子はその使命に燃えた。それから弘子は、毎日毎日、懸命《けんめい》にがんばってきた。

「ちっとも嫌じゃなかったのよ。ノブもいい子だったし、お父さんと二人でご飯作ったり掃除したり、楽しかったの」

親戚《しんせき》の人も近所の人も、みんな親切だった。母親がいないことで、いじめられたこともなかった。だから、弘子は一度も泣いたことがなかった。幸せだったから、悲しむことを忘れていたのだ。

今、なにも言わず、ただやさしく見つめられて、この上なくおだやかで静かな二人きりの時間の中で、弘子ははじめて、悲しくなった。「悲しかった」ことを思い出した。どんなにお父さんや、近所の人や、友だちがやさしくても、どんなに毎日が楽しくても、心の奥底《おくそこ》には、癒《いや》しがたい孤独《こどく》があったのだ。弘子はそれを、ちゃんと悲しんでいなかったのだ。

そして、今また、弘子の生活が大きく変わろうとしている。不安だった。不安で、悲しくて、小さくうずくまりたい気持ちだった。

聖母は、そんな弘子をじっと見つめていた。

いつか、どこかで見たまなざし。

「泣いていいのよ」

と、言ってくれた気がした。

涙《なみだ》があふれてきた。

弘子は、机に突《つ》っ伏《ぶ》して泣いた。お母さんが亡くなってから、はじめて泣いた。


よく晴れた日曜日。

さわやかな風が吹《ふ》いていた。

弘子と信彦は、お父さんに連れられ、近くの植物公園へ出かけていった。今日は、新しいお母さんに会うのだ。「その人」は、温室で待っているということだった。

「花が好きなんだ」

お父さんは、ちょっと照れくさそうに言った。弘子はうなずいた。

温室が見えてきた。そのとき、お父さんは弘子の前にしゃがんで、あらためて言った。

「本当にいいのか、弘子？」

弘子はコックリと、深く、強くうなずいた。

泣くだけ泣いたら、なんだか、スッキリした。なんだか、これでひと区切りがついたような、そんな気がした。

タタッと、信彦が走り出した。

「せんせ――っ!!」

温室の前に、女の人が立って手を振っていた。

「実は、ノブの保育園の先生なんだ」

お父さんは、頭をポリポリかきながら言った。

「その人」は、信彦を抱き上げると、弘子にニッコリと笑いかけた。その笑顔《えがお》！

「あっ……!!」

弘子は、しびれたようにその場に立ちつくした。

淡いグリーンの服。子どもを抱いて微笑む「その人」は……。

あの、絵の中の聖母だった。

「弘子――っ！　制服届いたわよ――!!」

一階から、お母さんの元気な声がした。

「はぁ――い！」

弘子も元気にこたえた。

中学の真新しい教科書が並ぶ弘子の机の前に、あの「聖母子像」が掛けられていた。小学校を卒業するとき、村上先生に頼《たの》んで譲《ゆず》ってもらったのだ。

弘子は、今でも不思議に思う。

こうしてよく絵を見ると、本当に、なんの変哲《へんてつ》もない絵だ。聖母の顔も今のお母さんと似ていないし、その目線も、見る人を見つめ返すのではなく、ちゃんと腕《うで》の中のキリストのほうを向いている。

なぜ、あのとき、聖母が自分を見つめているように見えたのだろう。

なぜ、聖母がお母さんに似ているように見えたのだろう。

そして、なぜ自分は、知るはずもないお母さんの顔を「なつかしい」と、感じたのだろう。不思議だった。

「弘子――っ、早く着てみせてよぉ――っ!!」

またまた、お母さんの大声がした。

「はいは──い!!」

弘子もまた大声で返事をしながら、家族の待つ一階へと降りていった。

黒く
ろ

沼ぬ
ま

黒《くろ》沼《ぬま》

夏が終わろうとしていた。

桜大《おうた》は、この季節が嫌《きら》いだった。

生まれつき少し身体《からだ》の弱い桜大は、毎年この頃《ころ》になると、夏の暑さを耐《た》えた疲《つか》れが出て体調を崩《くず》す。夕方になると、微熱《びねつ》が幼い桜大の身体をぢぶぢぶと炙《あぶ》った。

それでも年を重ねるごとに体力もつき、毎日のように寝込《ねこ》むことはなくなったが、母は桜大に安静にしているよう厳しく言いつけていた。母はなんとしても、来年桜大を無事小学校に上げてやりたかったのだ。

蚊帳《かや》の中の布団《ふとん》の上。ポツンと座《すわ》った桜大は、開け放した障子《しょうじ》から晩夏の黄昏《たそがれ》をながめる。

黒いぐらいに青さを増した空。緑の山々の裾野《すその》をうめつくして、一面の稲穂《いなほ》が黄金《きん》色《いろ》に波打つ。その上をアキアカネの群れが、さかんに飛《と》び交《か》っている。遠くに、近くに、ヒグラシが鳴いている。

カナカナカナ　カナカナカナ

体調を悪くさせる恨《うら》めしい季節だが、桜大はこの黄昏の風景は、素直《すなお》に美しいと感じていた。

もともと身体《からだ》が弱い桜大だから、近所の子どもらと仔犬《こいぬ》のように野山を転げ回って遊ぶことはできない。そのかわり、桜大は一人遊びが得意だった。あぜ道を渡《わた》り、花や虫をながめ、水たまりでオタマジャクシを追い、大空をゆく鳥や雲を、何時間も見て過ごした。季節ごとにうつろいゆく花と緑の色と、水と土の匂《にお》いと、風の温度が桜大は好きだった。

父は役場に勤めているが、桜大の家は農家だった。桜大は、将来は米や野菜を育てながら、この自然とともに暮らしたいと思っていた。身体もだんだん丈夫《じょうぶ》になってきている。きっと農業をやれるようになると自信があった。

「だって、熱は出ても前はもっとしんどかった。来年は熱も出ないかもしれん」

桜大は、そう自分に言いきかせた。

傾《かたむ》いた夕陽《ゆうひ》が赤々と燃え出す。今頃、川向こうの森の中は、斜《なな》めに射《さ》し込んだ夕陽をあびて、血のように真っ赤だろう。沢瀉《おもだか》の銀の花をうつして、古沼《ふるぬま》は静かに静かに眠《ねむ》っていることだろう。もうそろそろ、水路で蛙《かえる》が鳴きだす頃だ。ほんの少しの間、世界がしんと静まる時。

桜大は、目を閉じた。鼻先を香《こう》ばしい匂いがかすめる。

「あ……魚を焼いてる」

夕飯の支度《したく》も、それぞれの家で整う頃。チリンチリンと、自転車が通り過ぎてゆく。

「駐在《ちゅうざい》さんが、夕ご飯を食べに帰ります」

そうつぶやいて、桜大は一人クスクスと笑った。その耳に、どこからか微《かす》かに聞こえてきたのは、祭囃子《まつりばやし》。

ピーヒャラドンドン　ピーヒャラララ　ピーヒャラララ

桜大の口元が、への字に結ばれた。桜大がこの季節が嫌いな理由が、もうひとつある。

村のお寺の夏祭り。子どもたちが楽しみにしている、夜店がたくさん出て、大人も子どもも夜通し踊《おど》るこの祭りに行けないことだ。いつもこの祭りを狙《ねら》いすましたように体調がくずれる。どんなに大丈夫と言っても、母は決して外出を許してくれなかった。

近所の子どもらが、浴衣《ゆかた》姿で狐《きつね》やお多福のお面を後ろ頭に、楽しそうに通りを走ってゆくのを、桜大は障子の間から、指をくわえて眺《なが》めていた。あくる日に、友だちが焼き栗《ぐり》やりんご飴《あめ》を見舞《みま》いにもってきてくれても嬉《うれ》しくなかった。

「お祭りに行きたい。みんなといっしょに踊りたいよ」

幼い桜大のささやかな願いは、今年もかなえられそうになかった。

「どうじゃ、桜大？　まんま食えるか？」

祖母が夕飯に呼びに来た。

「うん、大丈夫じゃ。腹へった」

桜大はしっかりと返事をし、蚊帳から這《は》い出た。

「お祭りのお囃子の練習、はじまったんじゃな、おばあ」

桜大がそう言うと、祖母はつないだ手にキュッと力をこめ、つぶやくように言った。

「聞いちゃ、なんねー」

そのつぶやきの意味は、桜大にはわからなかった。無駄《むだ》な期待はするなということなのだろうか。桜大は小さくうなずいた。

玄関《げんかん》で、父と同僚《どうりょう》たちが話しこんでいた。このところ、毎日父は帰りが遅《おそ》い。なにやら大きな出来事があったらしい。村の大人たちが、道端《みちばた》で、店先で、よくこうして集まっては話しこんでいるのを見かける。

「うまい話でねぇか」

「いや。これは賭《か》けじゃ」

「そいでも、あんな役立たずの土地……」

「反対はまだ多いの、押《お》し切るんか？」

「おめー、あんな話信じとるんか？」

「そういうわけではねぇが……」

「わしも、そういう話はおいといても……」

「ヨシさん、あんたがしっかりしてくれんと困る。あんたがリーダーなんじゃから」

父が、同僚のひとりに詰《つ》め寄られている。桜大は、それを見てオロオロした。その桜大の手をにぎった祖母の手に、ぐっと力がこもった。

「あんな話ちゃ、どんな話のことじゃ!!」

怒気《どき》をはらんだ祖母の大声に、全員が飛び上がった。

「いやっ、わしらはなんも……」

「そぃじゃヨシさん、頼んだよ」

父をはじめ、大の大人たちが縮み上がり、逃《に》げるように立ち去った。

桜大も、初めて聞く祖母のどなり声に驚《おどろ》いた。小さくてシワシワで、いつも二つしかチャンネルの入らないテレビを、わかっているのかいないのかニコニコとながめている祖母。身体の弱い桜大をかばい、本を読み、昔話をして、遊び相手をしてくれるやさしい祖母。

いったい、何をそんなに怒《おこ》ったのだろうか。桜大には、なにがなんだかさっぱりわからなかった。

叱《しか》られた父は、バツが悪そうに玄関から上がってくると、桜大を抱《だ》き上げた。細くてやわらかい手が、桜大のおでこに当てられる。

「今日も熱が出たんか、桜大。大丈夫か？」

「大丈夫じゃ。今年はお祭りに行けるよな？　なっ！」

「そりゃ、お母《かあ》に訊《き》かんと」

台所へゆく父に、祖母が言った。

「黒沼《くろぬま》に手ぇ出すな、ヨシ」

父は黙《だま》っていた。その眉間《みけん》に深く皺《しわ》がよる。

桜大には、父は何かに迷っているように見えた。迷って困って、苦渋《くじゅう》にみちた言葉が吐《は》き出される。

「おばあ。わしだって、好きでやっとるんじゃねーんだワ」

「だったら、なおさらじゃ」

祖母の返しに、父の喉《のど》がグッと鳴る。空気が張り詰めた。

「ケ、ケンカせんで……」

桜大の顔が真っ赤になっている。父は慌《あわ》てて桜大をあやした。

「ケンカなんかしとらんぞ、桜大。さあ、メシを食おう。メシ、メシ〜」

その日は、祖母は夕飯の間中、口をきかなかった。

夜。床《とこ》の中で、桜大はなかなか寝付けずにいた。

祖母が言った言葉が、何度も頭をよぎる。


〝黒沼に手ぇ出すな〟


黒沼――。

川向こうの森の一番奥《おく》まったところに、ぽかりと開《ひら》けた場所があるという。昔は沼だったらしく、黒沼と呼ばれている。

「あそこは蛇《へび》の巣で毒蛇がウヨウヨおるで、近づいてはいかん」

子どもたちは、大人たちからそう厳しく言われていた。

事実、ワルガキどもがそこで太腿《ふともも》ほどもある青大将《あおだいしょう》に出くわしたと、泣きべそをかいて逃げ帰ってきたことがあり、村の子どもたちみんなの前で、村長から大目玉をくらっていたのを、桜大はかすかに覚えていた。

蛇は恐《こわ》くないが、毒蛇は恐い子どもたちは、森に入っても奥へは行かない。桜大もそうだった。ただ桜大は、あの森は特別好きな場所だった。

深い深い木立。たちこめる木と緑の匂い。ここでは光も空気も、ぜんぜん違《ちが》っていた。すべてが生き生きと身に迫《せま》ってきた。

なんだか大きな生き物の体内にいるような、ここに一人で立っていると、その一部になったような気がした。それはとても心地《ここち》よかった。

こうして、桜大はよくブラブラと森の中を散歩した。そしてふと気付くと、ずいぶん奥まで入り込んでいることがあった。そんな時——

「リャ——、リャ——、リャ——ッ!!」

それまで静かだったのに、頭上で突然《とつぜん》鳥が鳴きだして、びっくりすることがある。

それはまるで「これ以上奥へ進むな」という警告のように思えて、桜大はいつもそこから引き返すのだった。

そのことを祖母に話すと、祖母はうんうんと頷《うなず》きながら言った。

「森の奥にゃ、神サマがおるからなあ。人が入っちゃいかんのヨ」

「あ、そうか！」

桜大は、思わず起き上がった。

「黒沼には神サマが住んどるから、入ったらダメなんじゃ。だから、おばあは怒ったんじゃ」

と、納得《なっとく》しかけたが、

「ん？　じゃあ、お父《とう》は黒沼へ入るのか？　あんなとこへなんで入るんじゃ？」

と、また首をひねってしまった。


川向こうの森周辺で、桜大は時折不思議なものを見聞きする。

たくさん飛び交う蜻蛉《とんぼ》や蝶《ちょう》にまじって、シャボン玉のような丸い光が連なって、蛇のようにくねくねと飛んでいた。

森の小道を、鼓笛隊《こてきたい》の「音」だけが、通り過ぎていった。それは、桜大のすぐ目の前を通ったのだ。見えない鼓笛隊は「虫の声」を演奏しつつ、小道の向こうへゆっくりと遠ざかっていった。

黄昏の橋の下には、黒い人影《ひとかげ》がじっと佇《たたず》んでいた。そこを祖母と通りかかった時、祖母は桜大に言った。

「声をかけちゃいかん。見えないふりをするんじゃよ」

父や母に話しても、笑うばかりで取り合ってくれないことだが、祖母は違うのだ。

「お前のお父も、ちんまい頃《ころ》はいろんなモノを見たり聞いたりしたサ。でも大人になると、それは見えなくなるもんでの。だから皆《みな》思うのサ。あれは、子どもの目の見間違いなんじゃとな」

「おばあも、もう見えんのか？」

「見えん。だが、おばあにはわかるんじゃ。桜大が見えとることが、わかるんじゃ」

祖母はそう言って、やさしく桜大の頭をなでた。桜大は、祖母が自分のことをわかってくれていることが嬉しかった。

「おばあ！　今日、たぬきが二本足で立って歩いとったぞ。ずーっと立って歩いとったぞ」

「そりゃ、可愛《かわい》いことじゃの」

「桜大。そういうことは、よそさまでは言わんのよ」

母は、桜大が不思議を口にすることに、あまりいい顔をしなかった。そのへんのことを、桜大と祖母に注意するよう父に言っているようだが、父は何も言わなかった。

「わしが変なモノ見たって言うても、アホじゃなとかしか言わんけど、ほんとはお父も、そういうの信じてるのかも……」

夜風が竹の葉を揺《ゆ》らしている。月明かりに白くにじむ障子を、何者かが音もなく横切って行った。

「それなら、お父……。黒沼には入っちゃダメじゃ。あそこには神サマがおるんだって。だから入っちゃダメじゃ……」

ウトウトと眠りに沈《しず》んでゆく桜大の耳に、遠くで祭囃子《まつりばやし》が聞こえた。

ピーヒャラドンドン　ピーヒャラララ　ピーヒャラララ

あくる日。桜大は昼飯のおつかいに出た。

豆腐《とうふ》屋の店先で、大人たちがなにやら話し合っていた。桜大は話の輪にそっと近づいた。豆腐屋が強い口調でしゃべっていた。

「俺《おれ》が心配しとるのは、黒沼のことやない。キャンプ場に来る客のことじゃ。中にゃ変な奴《やつ》もきっとおる。いかれたガキどもが好き勝手せんか、それが心配なんじゃ」

「そんな若い奴らは、こんな奥までわざわざ来やせんて」

「だが確かに、騒《さわ》がしくはなるじゃろうなあ。この村みてぇな、山や川がきれいな場所が、今の流行《はやり》らしいからの」

「ちょっとは他所《よそ》から人に来てもらわんと。村も活性化せん」

「わしは、この村はこのまンまでええと思う」

ここでも、大人たちはいろいろ困っていた。はっきりした結論を出せずにいるようだった。

豆腐屋が、桜大に気付いた。

「お、桜大。いたんか。買い物か？」

「アゲおくれ」

「具合はどうじゃ？　まだ熱が出るんか？」

新聞紙に油揚《あぶらあ》げをくるんでいる豆腐屋に、桜大は尋《たず》ねた。

「セーやん。お囃子の練習、はじまったんか？」

「いいや、土曜からじゃ。今のうちに精つけて、祭りにゃ間に合うように元気になれや」

桜大は不思議に思った。ではあの祭囃子は、誰《だれ》が演奏しているのだろう。

巨大《きょだい》な入道雲が、むくむくと大空に立っていた。桜大は口をポカッと開けて、ブ厚い綿菓子《わたがし》のような雲に見入っていた。

小川では子どもたちが、ワイワイとにぎやかにかいぼりをしている。本当はそこに混じりたいが、我慢《がまん》して木陰《こかげ》で見学中の桜大のもとに、年長の友だちがやってきた。

「見ろ、桜大。でっけぇ蟹《かに》じゃろ！　お前にやる」

桜大は嬉《うれ》しそうに受け取ると、友だちの背後を指差した。

「ヒロちゃん、天狗《てんぐ》じゃ」

「ああ？」

山の頂に一本、頭の飛び出た杉《すぎ》の大木がある。そのてっぺんを指差して、桜大は言った。

「天狗がおる」

「ふぅん。桜大にゃ、あれが天狗に見えるんか」

「ヒロちゃんにゃ見えんのか？」

「みょ〜にでっかいカラスに見える」

「ふぅん」

「ヒロちゃーん。そろそろ行こーぜー」

仲間が呼んでいる。

「オーウ。お前はもう帰れよ、桜大」

「お囃子の練習に行くんか」

「おう。今年こそ祭りに来いよな」

桜大は、ウンと頷いて友だちと別れ、言われた通りまっすぐ家に帰り、おとなしくしていた。

寝間《ねま》で、もらった蟹をながめる。水を張ったガラスの器《うつわ》の中で、蟹はぷくりぷくりとアブクを吐いていた。そうしているうちに、桜大は急に気分が悪くなってしまった。

「お母、気持ちが悪いよぅ」

台所の母のもとにやってきた桜大の顔は、真っ赤だった。

母は、すぐに薬を飲ませて寝かせた。この時期こんなことはよくあることだから、母は別段あわてなかった。

「様子はどうじゃ？」

「ハイ。まだちょっと熱があるみたいですケド、今日はもうこのまま、ずっと寝とるでしょう」

寝間の隣《となり》の部屋から桜大の様子を見ながら、祖母と母が話していた。

「わたし、桜大を見とりますんで。ばあちゃん、話し合いへは一人で行って下さい」

「うん」

「あんまり、あの人をいじめんで」

母は、祖母に手を合わせた。

「わしは言いたいことは言うで。親も子も関係ねぇ。黒沼の森を切り開くなんて、とんでもねえこった」

「あの人は、役場の立場上仕方ねえんでス」

「やりたくねぇなら、やりたくねぇと言えんような仕事なぞ、やめてしまえばええんじゃ！」

桜大は、このやりとりを熱っぽい頭のすみっこで、切れ切れに聞いていた。

「森を……切る……？　そんなのイヤじゃ……」

意識が浮《う》かんではまた沈む。小川に浮かぶ木の葉のように、桜大はぬるい闇《やみ》の中を、ゆらりゆらり漂《ただよ》った。

どれぐらいそうしていただろうか。闇の向こうから、祭囃子が聞こえてきた。

「ああ、お祭りに行きたい……行きたいよ……」

「桜大」

すぐ耳元で、名前を呼ばれた。

ハッと気付くと、桜大は黄昏《たそがれ》の縁側《えんがわ》に座《すわ》っていた。

「あれ？」

確か、熱を出して寝込んでいたような気がするのだが。寝間には布団《ふとん》はなく、蟹の入った器があるだけだった。

何時頃だろう。夕焼けが真っ赤に空を染め、傾《かたむ》いた太陽光線の中で、景色が血の赤と、群青《ぐんじょう》の青に彩《いろど》られている。いつもと同じ山間《やまあい》の夕景。でもどこか、なにか違《ちが》うような——そう思った時、桜大の耳に、ふいに賑《にぎ》やかな祭囃子が聞こえてきた。

「お祭りに行こう、桜大」

目の前に、狐《きつね》の面をかぶった子どもがいた。

「誰じゃ？　ヒロちゃん？」

「お祭りに行こう、桜大。お前、行ったことないんじゃろ？」

面の向こうから、子どもが言った。

「うん。でも……」

桜大は家の中を見た。寝間の向こうの空間は、真っ暗だった。

「おばちゃんがな、行ってもいいって」

「ホ、ホンマか!!」

桜大は飛び上がった。

「ああ。わしが連れてってやる。お祭りに行こう」

「うん、行こう!!」

桜大は、狐面の子どもと手をつなぎ、庭を飛び出していった。

刻々と夕闇に沈みゆく景色の中に、高く、低く、祭囃子が聞こえていた。

村の集会所では、大人たちが集まり話し合いが行われていた。

川向こうの森を整備し、キャンプ場をつくるという計画が持ち上がっていた。山の麓《ふもと》の森で川のある立地が、キャンプ場には最適なのだと。

だがそのためには、木々を伐採《ばっさい》し整地し、ログハウスや駐車場《ちゅうしゃじょう》を作らねばならない。森は大きく姿を変えることになる。村の人々は、先祖代々受《う》け継《つ》がれてきた自然を守るべきか、時代に合わせて村も変わるべきかで悩《なや》んでいた。

「せっかくいい土地の利用法があるんじゃから、やるべきじゃねぇか！　業者が言ってたで。あの森にキャンプ場ができりゃ、ぜってぇ客が来るって！」

この意見には、皆が内心同意していた。黒沼の森なら、たとえ整地され半分に削《けず》られようとも、さぞやすばらしいキャンプ場になるだろう。したたる緑。清らかな水。どこまでも透《す》き通る空気。少々遠くても、無理をしてでも、やって来る価値は充分《じゅうぶん》ある。

「いいや、なんねえ！　あそこに手ぇ出しちゃなんねえ!!　黒沼は神サマの土地なんじゃ。わしら、人のものじゃねえんじゃ!!」

桜大の祖母が叫《さけ》んだ。

「頼《たの》むから神サマだのなんだの言うのは、やめてくれんか。今どきそんな理由じゃ通用せんて。ヨシさん、あんたからも言ってくれや。業者や町議になんと言う？　神サマの森に手ぇ出したらタタリがあるで、開発はできんと？」

皆の間から、低く笑い声がもれた。

開発推進派《すいしんは》のリーダーである桜大の父は、実の母と向き合いながらも、口を開けないでいた。

確かに、黒沼は神秘的な場所だとは思う。しかし、神だのタタリだのは信じられない。そんなものは、思《おも》い込《こ》みか偶然《ぐうぜん》だ。村の将来のため、桜大ら子どもたちの未来のためには、暮らしの発展こそが大事なのだ。だから開発推進派のリーダーを請《う》け負った。

それなのに、この期《ご》に及《およ》んで、父は何かを捨てきれずにいた。だが、それがなんなのかわからない。父は、それを振《ふ》り切ろうとした。その時――

「あんたあ！　あんたあぁ!!」

集会所に、真《ま》っ青《さお》な顔で飛び込んできたのは、桜大の母だった。

「桜大が……桜大がいなくなったよお!!」

「な、なにィ!?」

祖母が、母につめよった。

「桜大は薬を飲んどるで、朝まで起きんはずじゃ！」

「そうじゃけど……そうじゃけど……気がついたらおらんかった！」

寝間の隣にいた母がふと気付くと、閉めていたはずの障子が、全開になっていた。不思議に思って寝間へ入ると、蚊帳《かや》の中の布団がきれいにめくれていて、そこに桜大の姿はなかった。

何も言わずに、音もたてずに、桜大は消えた。

「どっかに行ったんじゃ！　小便か……腹がへったから台所とか……よう探したんか!!」

「探した！　今もみんなが探してくれとる！　でも見つからん!!」

「見つからんわけねえ!!　きっと、どっかで倒《たお》れとるんじゃ。集会は中止じゃ！　みんな、桜大を探してくれ!!」

濃紺《のうこん》の夜空の下。村中に灯《あか》りと呼び声が飛《と》び交《か》った。だが、村のどこにも桜大はいなかった。

せまい場所は子どもらが探した。川もかなり下流まで探した。それでも桜大は見つからない。

おかしい。どう考えても、これはおかしい。村人たちは皆《みな》、妙《みょう》な胸騒ぎをおぼえていた。

夜中を過ぎて、駐在《ちゅうざい》が桜大の父に言った。

「ヨシさん。こりゃあ、県警の応援《おうえん》を頼まにゃならんぞ」

そこへ、祖母が近づいてきた。

「おばあ……」

祖母は、静かに言った。

「黒沼へ行ってみるんじゃ」

狐面の子どもに手をひかれ、夜闇の木立をぬけると、桜大は色とりどりの提灯《ちょうちん》の灯りに万華鏡《まんげきょう》のように彩られた広場に出た。

「わあ……!!」

櫓《やぐら》のまわりを、面をつけた人々が幾重《いくえ》にも輪となって取り巻き、楽しげに踊《おど》っている。

祭囃子《まつりばやし》にあわせ、右に左に波打つ華《はな》やかな着物の群れ。幻想《げんそう》的な灯りの下に揺《ゆ》れる、さまざまな仮面の姿をながめるだけで、桜大はうっとりとした。

狐に狸《たぬき》、天狗《てんぐ》を模した面や、目玉が飛び出たもの、牙《きば》がはえたものなど、見たこともない変わった面ばかりだけれど、皆、桜大を見ると会釈《えしゃく》し、手招きした。小さな胸にこがれ続けた念願の祭り。とうとう来られたのだと思うと、桜大は舞《ま》い上がらんばかりだった。

狐面の子が、水飴《みずあめ》をくれた。割《わ》り箸《ばし》の先にくっついた透明《とうめい》な塊《かたまり》をなめると、なんともいえないやさしい甘《あま》さが口いっぱいに広がって、体中がとろけそうな気がした。

「踊ろう、桜大!」

「うん! 踊ろう!!」

桜大は仮面の群れに飛び込むと、見よう見まねで踊り始めた。嬉《うれ》しくて、楽しくて、まるで夢の中のようだった。

ピーヒャラドンドン　ピーヒャラララ　ピーヒャラララ

「桜大!!」

「桜大」

父と母が、桜大をのぞきこんでいた。

桜大は、目をパチクリさせた。自宅の寝間だった。

「桜大。どっか痛くねぇか？　苦しくねぇか？」

母は涙声《なみだごえ》だった。桜大は首をふった。

「ううん。どっこも悪くねえ。腹へった」

「そ、そうか。なんか持ってくるから」

母は、涙を拭《ふ》きながら台所へ立った。

桜大は、身体《からだ》を起こしてキョロキョロした。ああ、祭りは終わってしまったのだなと感じて、少し寂《さび》しくなった。

父が、なんとも複雑な顔をして桜大を見ている。ひょっとして、夕べ祭りに行ったことを怒《おこ》っているのだろうかと思ったが、確か母の許可は得ていたはずだ。

桜大のかたわらにじっと座っていた祖母が、やさしく尋《たず》ねてきた。

「桜大、夕べは楽しかったか」

桜大の顔が、パッと輝《かがや》いた。

「うん、楽しかった！　わし、いっぱい踊ったぞ、おばあ！　みんなと踊ったぞ!!」

父は、桜大の言葉に顔をひきつらせた。

「祭りは、どんなだった」

「きれいだった。赤、青、黄色、緑……いっぱいの色の提灯が、いーっぱいぶらさがってて、夜店が……あれ、夜店はあったかの？　でも水飴食うたし……」

「人は、たくさんおったか」

「おった。みんな、お面をつけとった。踊りはお面をつけて踊るんじゃな。知らんかった」

「どんなお面じゃった」

「おもしろいお面ばっかりじゃ。狐とか天狗とか。口が、こーんなにでっかいやつとか、角《つの》のはえたやつとか。アレ、わしも欲《ほ》しいなぁ」

父が、桜大の肩《かた》をぐっとつかんだ。その手はぶるぶると震《ふる》えていた。

「桜大。そりゃ……そりゃ、本当に〝人〟だったんか?」

「?」

桜大は、父の問う意味がわからず小首をかしげた。

その無心の目を見たとたん、父は、桜大の小さな肩にかけた手から、力が抜《ぬ》けていくのを感じた。

「……楽しかったんか」

桜大は、大きく大きく頷《うなず》いた。

「楽しかった! また行きたい。また行くぞ! ええじゃろ、お父《とう》。なっ、なっ!」

父は目を閉じ、頭《こうべ》を垂れた。

「そうか……。楽しかったんか。そうか――……」


黒沼へ行ってみる――。祖母のこの言葉を、この時は誰《だれ》も理解できなかった。

夜、子どもが一人で、あんな場所へ行けるわけがない。誰もが祖母の正気を疑った。

しかし、これだけ探しても桜大が見つからぬ以上、こうなればしらみつぶしだと、桜大の父を先頭に、若い衆が黒沼へと向かった。

真っ暗な森の中を、藪《やぶ》の中を、蛇《へび》よけの棒で探《さぐ》りつつ、一行は汗《あせ》だくで進んだ。

深い木立が急にぽかりと開《ひら》ける。まるで、いつも使われている広場のような、下草もまばらな空間。青磁の月明かりの中、桜大がそこにいた。

「お……桜大!?」

その異様な光景に、大人たちは棒立ちになった。

桜大は、たった一人で、くるくると踊っていた。

それは楽しげにニコニコと笑いながら。あたかも、見えない群舞《ぐんぶ》の舞い手の一人のように。聞こえない囃子の音にのるかのように身体を揺らす。右に左に。右に左に。

「桜大!!」

父がやっと我に返り、桜大に飛びついた。

その腕《うで》の中にかくんと倒れこむと、桜大はすぅすぅと寝息をたてて眠《ねむ》ってしまった。笑顔《えがお》のまま。

大人たちは言葉もなかった。これを、単なる夢遊病だと言える者は、一人もいなかった。

桜大の父は、黒沼開発側のリーダーを黙《だま》って退《しりぞ》いた。誰もその理由を問わなかった。

キャンプ場の話は間もなく立ち消え、代わりに、農村留学の話が舞い込んできた。村役場では、この話をすすめてゆくつもりらしい。

その後。桜大は徐々《じょじょ》に身体も丈夫《じょうぶ》になり、今日も元気に近所の子どもたちと遊んでいる。

子どもたちは桜大の体験した話を聞きたがったが、不思議とその記憶《きおく》は急速に薄《うす》れていき、今ではほとんど何も思い出せなくなっていた。

桜大は、そのことをちょっと残念に思っている。

譚^{たん}の部屋

譚の部屋

ねこ屋

一筋か二筋、裏通りへ入っただけだった。そこには、古い家並みがあった。

駅周辺の、あの人ごみと喧騒《けんそう》からはとても信じられないぐらい、静かな住宅街。せまい路地。木造の家。瓦《かわら》屋根。格子戸《こうしど》。すだれが立てかけてあって、朝顔の鉢《はち》があって、あちこちに打ち水がしてある。

「同じ街にあるとは思えんなあ」

タイムスリップしたような景色に見とれながら、ため息が出た。

若者の街と呼ばれるこの辺りに足を向けることはめったにない。

今日はたまたま仕事の用があって、改札から出たとたん駅前の人の多さに仰天《ぎょうてん》した。いったいこの若者たちは駅の周りでただ突《つ》っ立《た》ったまま、何をしているのだろうと……そう思ってしまうことが年寄りの証《あかし》なのだろう。

駅の近くで用をすませ、どこかで冷たいコーヒーでもと歩くうち、この裏路地に来た。

駅からは十分と離《はな》れていないはずなのに、この近代化された街にも、まだこんな昔ながらの街並みが残っているとは。なんだか嬉《うれ》しく、なつかしく、路地の奥《おく》へと歩いてゆく。

暑い盛《さか》りの夏の午後。路地には人通りもなく、開け放した戸口の中は真っ暗で、奇《き》妙《みょう》にしんとしている。

ああ、そうだ。こんな感じだった。

幼い頃《ころ》の夏の景色は、強い太陽の光の中、すべてが止まったように静かだった。暑くて暑くて、人も動物も物陰《ものかげ》でじっとしていた昼下がり。降るような蟬《せみ》の声がしても、涼《すず》やかに風鈴《ふうりん》の音がしても、世界は静けさを増すばかりだった。

「休んでいきなィ」

声をかけられてハッとした。汗《あせ》が滝《たき》のように流れていた。どうやら暑さのせいでぼうっとしていたらしい。

「どうも……」

と、礼を言おうとしたが、声の主はどこにもいなかった。ゴミバケツの上に白い猫《ねこ》が丸まっているだけだった。まさかこの猫が口をきいたわけではないだろう。

「やれやれ、暑さがよほどこたえたかな」

猫の頭をなでてやり顔を上げると、小さなウィンドウらしきものが目に入った。窓《まど》枠《わく》に招き猫がちまちまと並べられている。

一見ふつうの民家に見えるものの、そこは何かの店らしかった。

「そういえば香《こう》ばしい匂《にお》いがするぞ」

ウィンドウをのぞくと、やはり喫茶店《きっさてん》だった。カウンターにサイフォンが並んでいるのが見える。

ドアを開けると、狭《せま》い店内は心地よい冷気と香ばしいコーヒーの香《かお》りに満ちていた。やれ、ありがたい。

いい具合に使い込《こ》まれた飴色《あめいろ》のカウンター。小さなテーブルセットが三つ。そこここにさまざまな大きさとデザインの招き猫が置かれている。おやと目をこらせば、本物の猫が何匹《なんびき》か混じっていた。

「いらっしゃい」

いかにも寡黙《かもく》そうな初老のマスターに、アイスコーヒーを注文した。

相当古そうな建物だったが、店内はどっしりと落ち着いていて、暑さにへばった身には居心地《いごこち》が良かった。

アイスコーヒーを飲みながら、再び静けさに浸《ひた》る。

古びた街並みの中の古びた喫茶店。大都会の喧騒のすぐ横で、そこからすっぱりと切り離されたような、こんな空間があることが不思議だった。

客といえば近所の人だけだろう。多分みんな男で、みんな黙《だま》っていつもの品を注文し、新聞などを黙々と読んで静かに帰ってゆく。

働く以外趣味《しゅみ》など何もなく、客と会話もしないどこか偏屈《へんくつ》そうなマスターの、唯一《ゆいいつ》の楽しみが招き猫集め……そんなことを想像してしまう。

「あるいはこの古い街そのものが別世界だったりしてな」

と、つぶやいた。

「うん」

「?」

返事が聞こえたようだったが、マスターは新聞を読んでいるし、他《ほか》に客はいないし……と横を見れば、隣《となり》の席にいつのまにか猫が座《すわ》って、こちらを見ていた。

「……」

奇妙な感覚に襲《おそ》われたが、猫はなでてやると目を細めて喉《のど》を鳴らした。ふつうの猫だ。

「この猫は……マスターの猫？」

「いや。通い猫」

「招き猫を集めているの？」

「いや。自然と集まってきた」

ふうん、とあらためて店内を見回すと、猫たちがみんなこちらを見ていた。

ちょっと気味悪くなって隣の猫に目をやると、猫は笑っていた。

いや、そう見えただけだが。気持ちよさそうに目を細めた猫の顔は笑っているように見えるものだ。

しかし、その瞬間《しゅんかん》は本当に、ハッと手を引いてしまった。

何やら妙な気分になった。身体《からだ》も休まったので店を出た。

外はあいかわらず暑くて息がつまりそうだったが、細い路地にはやはり人影《ひとかげ》はなく、それが今は、どこか薄気味《うすきみ》悪く感じられた。

適当に角を曲がってゆくと大通りに出た。そのとたん、人の波と騒音がわっと押《お》し寄せてきて倒《たお》れそうになった。でも心のどこかでホッとしていた。

帰りの電車の中でポケットを探《さぐ》っていると、取ってきたおぼえのないマッチが出てきた。

招き猫の絵の下に「ねこ屋」と書かれていた。それ以外は、住所も電話番号もなかった。

あれから何度かあの街に行く機会があり、そのたびにあの裏路地とねこ屋を探してみたが、いまだに見つけられないでいる。

もしかしたら、自分はあの時、本当に異空間に迷い込んだのではないかと思う。異空間への入り口は、あんな風に、ちょっとそこの角を曲がったあたりに、何気なく開いているものなのかも知れない。

「ねこ屋」は、その異世界の者だけがゆく特別な店なのではないだろうか。

コーヒーが特にうまい、ということはなかった。

鬼車《きしゃ》

待ち望んだ子を難産の末無事産んだ喜びもつかの間、産後の肥立《ひだ》ちが悪く、しばらくして妻が死んだ。

悲しみと混乱で独り部屋にこもりきりだった夫も、漸《ようや》く出仕《しゅっし》しはじめたある夕刻。夫がふと気づくと、裏庭に面した廊下《ろうか》に佇《たたず》み、タキがじっと庭の方を見つめていた。その眼差《まなざ》しが深刻で、夫は声をかけそびれた。

タキは、妻の遠縁《とおえん》にあたる少女で、親をなくしたため妻が下働きにと引き取った。下働きとはいえ、妻も夫もタキをよくかわいがり、妻とは親子のように、姉妹《しまい》のように過ごしていた。

妻は息を引き取る間際《まぎわ》タキを枕《まくら》もとに呼び、遺《のこ》してゆく赤子のこと、家のことをくれぐれも頼《たの》むと、タキの両手をにぎりしめた。タキは妻にすがって泣いた。

妻が逝《い》った後、タキは言いつけ通り赤子の面倒《めんどう》をよくみた。

もとより、出産直後から具合の悪かった妻にかわり、タキはずっと赤子の世話をしてきたのだから。夫は安心して赤子を任せていた。

タキはしばらく廊下にいたが、やがて静かにその場を去った。

何か悩《なや》み事でもあるのだろうかと、夫は心配になった。

タキが佇んでいた場所に立ってみる。廊下からは裏庭が、その垣根《かきね》の向こうには竹林が見える。

タキがそうしていたように、夫もそのあたりを見回してみた。そして、はっと胸を衝《つ》かれた。

夕闇《ゆうやみ》に染まりはじめた竹林の奥《おく》に、ぼんやりと佇む人影《ひとかげ》があった。

はっきりとは見えないが、それでもすぐにわかった。死んだ妻なのだと。

「……ああ……」

夫は、その場に立ち尽《つ》くしてしまった。

タキにも見えたのだろう。引導《いんどう》の甲斐《かい》なく迷った哀《あわ》れな姿が。

遺した子によほど未練があるのだ。夫は胸がしめつけられた。

夫と妻は、人も羨《うらや》む仲むつまじい夫婦《ふうふ》だった。待望の子を授《さず》かり、これからより幸せな暮らしが待っているという時に、その子を、家庭をおいて、独り逝かねばならぬ無念はいかばかりか。夫は、白くにじんだ人影に向かって、固く、固く手を合わせた。

その日から、夕刻になると裏庭の竹林に妻は現れた。

夫は赤子を抱《だ》いて妻に見せながら言った。

「これこの通り、赤子は健《すこ》やかに育っておる。安心せよ」

夫は、毎日そう妻に言い聞かせ、仏壇《ぶつだん》の前でも祈《いの》り続けた。

それでも妻は現れる。心なしかその姿が、はっきりとしてきたようにも思える。

いつまでもこのままでいいはずがないと夫は思った。

「もう一度僧《そう》を呼んで、妻に引導を渡《わた》してもらおう。このままでは、あれが哀れでならぬ」

そう言う夫に、タキは静かに頷《うなず》いた。

寺に相談に行ったその日。屋敷《やしき》に帰ってきた夫は、裏庭を見てぎょっとした。

裏庭の垣根のすぐそばに、妻が立っていたのだ。

その姿もあきらかに鮮明《せんめい》になっている。死んだ時に着ていた浴衣《ゆかた》の、朝顔の模様がはっきりと見てとれた。

妻は、じっと屋敷の中を見つめていた。

裏庭に面した部屋は、妻が死ぬまで寝《ね》ていた場所だった。その奥が夫の部屋であり、さらにその奥が赤子の寝間となっている。妻が何を一心に見つめているのかは、すぐにわかった。夫は、たまらなくなった。

「徳の高い僧に来てもらうよう頼んできた。赤子のことはタキに任せて、安心して成仏《じょうぶつ》せよ」

高僧による再度の引導が渡されたその日から、妻は現れなくなった。

夫もタキも安心し、なにかこれで、やっとひと区切りがついた思いだった。赤子をあやす夫から、漸く笑《え》みがこぼれた。

しかし、それからしばらくたったある日。

屋敷に帰ってきた夫は、裏庭に面した襖《ふすま》を開いた瞬間《しゅんかん》、息を呑《の》んだ。

妻が、庭にいた。

死んだ時の姿そのまま。長い髪《かみ》をたらし、朝顔の浴衣を着て。どこか悲しげな眼差しで屋敷の中を見つめている。

「近づいてきている……？」

一瞬背中がひやりとしたのを振《ふ》り払《はら》うように、夫は妻に呼びかけた。

「お前はもう死んだのだから、いつまでもここにいてはならん。死んだ者には、死んだ者の世界というものがあるのだ。そこに行く方が、お前のためなのだ」

しかし、妻には夫の声は届いていないようだった。ただただ、屋敷の中を見つめるだけだった。

夫は襖を閉めると仏間にこもり、夕餉《ゆうげ》も食べず祈り続けた。赤子は夫の読経《どきょう》を子守唄《こもりうた》に、すやすやと眠《ねむ》っていた。

夜半から雨が降り始めた。真っ暗な夜の庭。雨に打たれながら佇み続ける妻の姿を思うと、なにか空恐《そらおそ》ろしくなる気持ちを、夫は祈り続けることで懸命《けんめい》に抑《おさ》えていた。

翌日。雨はやまず、どんよりと暗い日だった。夫は出仕せず、おそい朝餉を食べていた。

急に、部屋の温度が下がった気がした。

振り返ると、夫のすぐ後ろに妻が立っていた。

「――…………っ！」

叫《さけ》び出しそうになる夫の横をすりぬけ、妻は部屋の奥へ向かって進み始めた。

妻は、まっすぐ進んでゆく。しっかりとした足取りで歩いてゆく。

夫は、この時漸く気づいた。妻は、赤子を連れてゆこうとしているのではないかと。

「あ、あ、あ……」

夫は、慌《あわ》てて妻の後を追った。妻がすり抜《ぬ》けた襖を開ける。

妻は、眠る赤子のそばに立っていた。

「待て。待ってくれ！」

妻が、はじめて夫の方を見た。その顔！

一瞬、泣き顔かと思われたが、奇妙《きみょう》にゆがんだ妻の顔は、夜叉《やしゃ》だった。

夫は、愕然《がくぜん》とした。この瞬間、すべてを悟《さと》った。

妻は、赤子を恨《うら》んでいるのだ。

子どもさえ孕《はら》まなければ、子どもさえ産まなければ、自分が死ぬことはなかった。

苦しんで苦しみぬいたあげく、愛《いと》しい夫を、幸せな暮らしを奪《うば》われた。

「恨めしい。この子が憎《にく》い……！」

夜叉面がそう言っていた。夫は、その場に凍《こお》りついた。声も出なかった。

妻は、ゆっくりと赤子の方に向き直った。

その時、スパン！と、正面の襖が開いた。

タキが、立っていた。

タキは、夜叉面となった妻を見ても驚《おどろ》くことなく、その前に座《すわ》ると深々と頭を下げて言った。

「どうぞ。お引き取り下さい」

妻の顔が、いっそう恐ろしく膨《ふく》れ上がった。

両手がぶるぶると震《ふる》え、今にも飛びかからんばかりに身構えている。

しかし、タキはその姿をまっすぐ見据《みす》えて、もう一度言った。

「お引き取り下さい。なにとぞ」

そしてまた頭を下げた。

妻の身体《からだ》が激しく震えた。夫は、息を呑んで見守るしかできなかった。

妻の身体の震えが徐々《じょじょ》におさまっていった。

それにつれてその姿もゆるゆると透《す》けてゆき、やがて消え去った。

時間にしてみれば、ほんのわずかだったのだろうが、夫には、長い、長い瞬間に感じられた。

はっと気づくと、ぐずりだした赤子をタキがあやしていた。まるで何事もなかったかのようだった。

妻は、裏庭に佇んでいた。

だがその姿はぼんやりとして、どこを見ている風でもなかった。

話を聞いた同輩《どうはい》が屋敷にやってきた。妻の姿を見て眉《まゆ》をひそめた。

「ここにいてはいけない。家を出た方がよい」

同輩に薦《すす》められ、夫は屋敷を出ることにした。

妻と幸せに暮らした思い出の場所をあとにする。

あの家の庭で、あの妻は、いつまでああやって立ち尽くすのだろうか。

「お前はもう死んだのだからと、何度も何度も言い聞かせたのだ」

そう言うと、夫はたまらなく泣けてきた。

「何度も……そう言い聞かせたのだ」

同輩に支えられながら、涙《なみだ》がとまらなかった。

前を歩くタキに背負われて、赤子はすやすやと眠っていた。

妻は、あの庭に佇み続けたが、やがてその姿は掠《かす》れるように見えなくなっていったという。


鬼車＝産褥《さんじょく》で死亡した女の霊《れい》。うぶめ。

再見

都会と違《ちが》って、陽《ひ》が落ちるとずいぶん涼《すず》しくなる。海からの冷たい風が心地《ここち》いい。

たくさんの提灯《ちょうちん》が夜闇《よるやみ》にゆれてとても綺麗《きれい》だ。

子どもの声と花火の音が、賑《にぎ》やかに波止場《はとば》に響《ひび》いている。

停泊《ていはく》している船の灯《あか》りが黒い海に映り、田舎《いなか》の小さな港を幻想《げんそう》的に彩《いろど》っている。

「日本の美しい夏、だなあ」

後ろから旧友に声をかけられた。

「真木《まき》……！」

「よう、中本《なかもと》。今年もちゃんと帰ってきたか」

「ああ」

今年も、真木とはこの港で会った。

もう何年になるだろう。毎年ここでこうして、去りゆく故郷《ふるさと》の夏を惜《お》しみながら短い会話を交《か》わす。

それだけの付き合いだが、すっかり帰省の恒例《こうれい》行事になってしまった。

「あれ、お前の子ども？」

「ああ。お前、毎年同じこと訊《き》くのな」

「ははは」

「上の子は、もう六年生だ」

「まっ黒だな」

「サッカーしてるんだ」

「俺《おれ》もそろそろ身を固めなきゃなあ」

いまだ若々しい友は、そう言って頭を掻《か》く。その横顔を見ていると、学生時代がまざまざと思い出される。

一番輝《かがや》いていた、もう戻《もど》れない、もう取り戻せない大切な時間。

年を追うごとに、この思いは少しずつ少しずつ募《つの》ってゆく。そしてこの夜の港の美しくも哀《かな》しい風景とあいまって、胸をしめつけるのだ。

「嫁《よめ》さんは？」

「家にいるよ」

「元気か？」

「ああ。元気だ」

「そうか」

船が出港しはじめた。花火が、いっそう賑やかに打ち上げられる。

「じゃあな」

「ああ、また……」

「嫁さん大事にな」

頷《うなず》くのが精一杯《せいいっぱい》だった。声を出したら涙《なみだ》が出そうだったからだ。

そのうち、来年か再来年か……自分はきっと泣いてしまうのだろう。

故郷の晩夏の景色があまりにも美しくて、哀しくて。

それを見て、君は笑うだろうか、友よ。

船が出てゆく。魂送《たまおく》りの小舟《こぶね》を乗せて。

三日間家族と過ごした死者の魂《たましい》が、海の彼方《かなた》にあるという極楽浄土《ごくらくじょうど》へと帰って行く。

人々は提灯に灯りをともし花火を上げて、愛《いと》しい者たちとの別れを惜しむのだ。

「お父さん、誰《だれ》と話してたの？」

いつの間にか、次男がそばに来ていた。

きょとんと見上げてくる眼差《まなざ》しに、ゆっくりと首を振《ふ》ってこたえる。

「誰も……。独り言だよ」

「変なの。ねえ、あの船はどこへ行くの？」

「お盆《ぼん》の間は、死んだ人の魂が家へ帰ってくるだろう。今日はその魂が天国へ戻る日だ」

「うん」

「あの船は、魂の乗り物の小舟を乗せているんだよ。天国は海の向こうにあるから、沖《おき》まで送っていくんだ。昔は、男たちが小舟をかついで泳いでいったんだぞ」

「沖まで？　すごいや！　なんで今は泳がないの？」

「あぶないから、やっちゃいけないって言われてるんだ」

「なんだ、つまんない。死んだ人もつまんないって思ってるよ、きっと」

「ははは」

小さな手をぎゅっと握《にぎ》る。

「ああ、そうかもな。目に浮《う》かぶよ」

目に浮かぶ。つまらなさそうに船で送られてゆく友の姿が。

「また来年会おう……真木」

沖へと遠ざかる船の灯りを見送る。

花火の煙《けむり》が、やけに目にしみた。

海を見ていた

ひなびた小さな港だった。

陽射《ひざ》しはおだやかだが、風が少し強かった。

突堤《とってい》へ行くと、年寄りが一人、のんびりと釣《つ》りをしていた。何も釣れていなかった。

突堤の先端《せんたん》に腰《こし》をおろした。煙草《たばこ》を吸おうとして、切らしているのに気がついた。

目の前に広がる海は、午後の光を反射してきらめいていた。

静かだった。

ただ波の音と風の音だけが、ひたひたと、ひたひたと、空っぽの心と身体《からだ》にしみるばかりだった。

このままここにじっと座《すわ》っていれば、波の音と風の音に溶《と》けてしまいそうな気がした。

　そうなりたかった。

　目の前のたゆたう波だけを見つめて、どれぐらいたっただろうか。

　ふと気づくと、隣《となり》に男が座っていた。

　ほっそりとした身体の若い男だった。同じように海を見つめていた。

　別に気にもならなかったので、並んで海を見た。

　時間が止まってしまったようなぬるい昼下がりで、きらきらと光る海も、こうこうと哭《な》く風も、どこか遠くのものに感じた。

　平和で退屈《たいくつ》な景色をただ見つめる。ただ、じっと。

　ふいに、乱反射する光が目の奥《おく》に迫《せま》ってくるような気がした。

　光の一つ一つが鮮《あざ》やかに輝《かがや》き、放射状の光の線がくるくると舞《ま》う。まるで生き物のように海面を飛び跳《は》ねている。

　海の色が、空の色が、見たこともないほど美しかった。こんな青色は初めてだった。

遠くに見える山の緑は、めらめらと燃えるようだった。緑の炎《ほのお》だ。

突然何事だろうと思ったが、不思議と心はしんと静かで、座ったままの身体はぴくりともしなかった。感覚だけが開放されたような感じだった。

驚《おどろ》くよりも、目の前の世界の美しさにうっとりと見とれていた。

空はどこまでもただ果てしなかった。

海はどこまでもただ果てしなかった。

世界は無限に思えた。

無限の世界の中で、あらゆるものが光り輝いていた。圧倒《あっとう》的な存在感で迫ってきた。

震《ふる》える心の中で、若者に呼びかけた。


これは、君が見せているのか。

はい。

答えが返ってきた。
なぜそう思ったのかわからなかった。でも、そう感じた。素直《すなお》に感じた。

君の目には、世界がこう見えているのか。

はい。

太陽の光は一瞬《いっしゅん》たりとも同じ色であることはなく、七色のカーテンとなって降りそそいでいた。
カモメが空を飛ぶさまは、極彩色《ごくさいしき》の粒子《りゅうし》を切り裂《さ》いてゆく彗星《すいせい》のようだった。

ああ……美しい。

はい。

波が岩に砕《くだ》ける。はじける水しぶきは、宝石をばらまいたようだ。水の一滴《てき》一滴まで、はっきり見えた。はじけた雫《しずく》たちは、それぞれに太陽の光と海の青と空の青を映していて、一つ一つが惑星《わくせい》のようだった。

風は潮流のように空をうねり、うねるごとに色を変え、楽しそうに駆《か》け抜《ぬ》けてゆく。

ああ、ああ、風の色まで見える。なんて美しいんだ。

はい。

どうして、なぜこれほど美しいんだろう。

生きているからです。

生きている……。それだけか？

それだけです。

それだけで、こんなにも美しいのか。

はい。

なぜだか無性《むしょう》に胸がしめつけられて、海を見つめたまま泣いていた。

傾《かたむ》いた陽の光が、海面でいっそう美しくうねった。深みを増した海の色が、なまめかしいほどだった。

どこまでも、どこまでも、世界は生命で溢《あふ》れ、生命は輝きで溢れていた。

その輝きはエネルギーとなって空間を駆け巡《めぐ》っていた。反響《はんきょう》しあい、影響《えいきょう》しあい、反発しあい、融合《ゆうごう》しあっていた。
この生命もその一部なのだと感じて、自分の身体を抱き締《だし》めずにはいられなかった。

私はゆうべ生まれました。そして、もうすぐ死にます。

そうか。

私は何も残せませんでした。でも、生まれてきてよかったと思います。

海も山も空も、生きている。
その「生」を、この若者はこんな風にとらえているのだ。それは、短い生命だからこそなのか。
彼《かれ》には、自分はどんな姿に見えているのだろう。それが聞きたくて隣を見た。
そこには誰もいなかった。

世界は、見慣れた景色にもどっていた。傾いた陽の光の中、波と風の音だけが聞こえていた。

しばらく風に吹《ふ》かれていたが、帰ろうと思い立ち上がった。

もう立てないと思っていたけれど、身体は動いてくれた。

足元に、羽が透明《とうめい》な虫が一匹《ぴき》落ちていた。なんとかという虫だ。名前が思い出せなかった。

港を出たすぐの所に、河口《かこう》に架《か》かる橋があった。

橋の上や周辺の道に、羽が透明な虫が大量に固まって死んでいた。

たばこ屋で店の主人と客が「毎年この時期は困る」と話していた。

虫の名前は、アミメカゲロウだった。

はげ山の魔女《まじょ》

あの頃《ころ》、家のまわりには田んぼと畑が広がっていた。連なった山々を背景に移ろいゆく四季を肌《はだ》で感じながら、子どもたちは生き生きと、のびのびと暮らしていた。

私の家のある場所は一応「町」となっていたが、地理的にも文化的にも町のうんと外れにある「村」であり、集落のすぐ後ろにはもう山々が迫《せま》っていた。

その一番手前にあるのが「ヒキイワ」と呼ばれる小さな山だった。「ヒキイワ」とはどういう意味でどういう字をかくのかいまだに知らないが、子どもたちの間では、その山は「はげ山」という名で通っていた。てっぺんだけ赤岩がむきだしになっていたからだ。

はげ山は、小さな子どもでも登れる山だったし、登り口の近くに池があって、ザリガニやカエルが釣《つ》れたので私もよく遊びに行った。

しかし、大人からは「この山には登ってはいけない」と言われていた。

それはなぜか？

子どもたちは噂《うわさ》しあっていた。

はげ山は「魔法の山」なのだと。

山の中を細々と頂上まで続く山道に、点々と置かれた小さな白い石像。

それを動かしたりイタズラをしては絶対にいけないと言われていた。

なぜだか知らない。タタリがあるのだと聞いたこともある。

時折、あきらかにこの辺の者ではない人が山に入ってゆくのを見た。

何か呪文《じゅもん》のようなものが唱えられているのを聞いた子もいる。

だがそれ以上の禍々《まがまが》しい話は聞いたことがなかった。例えば実際に誰《だれ》かが祟《たた》られたとか、死んだとか。

そして、はげ山はいつもおだやかで、静かな場所だった。

だから私はよく友だちと連れ立って、はげ山へ入って行ったものだ。たいていは虫を取るためだ。

小さな子どもでは、まだ奥《おく》に連なる高い、深い山へは入っていけない。はげ山は、家からの距離《きょり》とか高さとか深さがちょうどよかったのだ。

私は、確か小学校二年生だったと思う。

夏が過ぎてふと気づくと、ずいぶん陽《ひ》が傾《かたむ》くのがはやいと思うことがある。

そんなある日のことだった。

私は友だちの明彦《あきひこ》と、いつものようにジョロウ蜘蛛《ぐも》を取りにはげ山へ入っていった。

私は、はげ山を恐《こわ》い場所だと感じたことはなかった。静かで綺麗《きれい》な山だ。あまり人が入らないせいか、虫も多く、大きかった。

「アキちゃん、このジョロウ見ろ！」

「うわーっ、でっけー！」

「こいつなら仁《ひとし》のクロカゲ号に勝てるな！」

「うん。勝てる勝てる！」

ここが何か、いわくのある場所なのだろうとは知っていたが、昼間のおだやかな時間の中ではそんなことも気にならず、私たちはいつも時間を忘れて遊んでいた。

急に陽が翳《かげ》ったような気がして、遊びすぎたのではないかと思った。

山道を下ろうとした時だった。上の方から場違《ばちが》いな笑い声が聞こえた。

女の子の声だった。

頂上へ、はげ山の禿《は》げた場所へ続く、細い道が伸《の》びていた。

私たちは頂上へは行かない。何もないからだ。頂上からは集落が見渡《みわた》せたが、そんなものを見ても何もおもしろくないし。

では、いったい頂上にいるのは誰なのだろう。私は明彦と顔を見合わせた。

頂上へ行ってみた。

いつの間にか雲が出て傾いた太陽をかくし、山の上は赤紫《あかむらさき》に翳っていた。

そこに、女の子が二人いた。中学生ぐらいに思えた。

この辺の者でないことが一目でわかった。服装がぜんぜん違うのだ。

なんというか、その頃の私はこんな単語は知らなかったが、とにかくその女の子たちは「垢抜《あかぬ》けて」いた。

近所の女の子たちは、あんな短いスカートははかない。あんなサラサラの長い髪《かみ》に、キラキラした髪留めをつけたりしない。くるくると綺麗にカールした髪型も見たことがない。

ましてやネックレスやブレスレットなどで「オシャレ」した姿など。

「別の世界の人だ」

大袈裟《おおげさ》だが、私も明彦もそう思った。

女の子二人は、私たちを見て奇妙《きみょう》に笑っていた。

やたらと大きな目をくるくると意味深に動かし、ぬるぬると光るような真っ赤な口で何かをしゃべり、そして笑った。

私には、その女の子たちが薄気味《うすきみ》悪く見えた。

「こ、ここで何しとるん？」

一番高い岩の上にいる彼女《かのじょ》たちに向かって、私は問いかけた。女の子たちは顔を見合わせ、にたりと笑った。

「UFO《ユーフォー》を呼んでるのよ」

と、一人がこともなげに言った。

「ゆ、UFO!?」

私と明彦は声を揃《そろ》えて叫《さけ》んでしまった。

その頃の私たちの空飛ぶ円盤《えんばん》に関する知識といえば、宇宙人が地球人をさらうとか、地球を滅《ほろ》ぼしに来るとか、いつの間にか地球人と入れ替《か》わっているとかだった。

「知らなかった？　ここはUFOの基地なの。ここからUFOに乗れるのよ」

もう一人が言った。

大きな目を意地悪そうに細め、真っ赤な唇《くちびる》で私たちをあざ笑うようにカン高い声で笑った。

「そ、そんなん信じんもん」

と、明彦は言い放ったが、明らかに声が動揺《どうよう》していた。私も同じだった。

ＵＦＯもそうだが、この見慣れない女の子たちが恐かった。

すると彼女らはいきなり立ち上がり、つないだ手を高々とあげると空に向かい、声を揃えて呪文らしきものを唱え始めたのだ。

はげ山の赤茶けた岩の上、西の空に向かい両手をあげて二人が何事かを叫ぶ。

遥《はる》か空の彼方《かなた》に太陽を隠《かく》した雲が赤黒く焼けていて、紫色に染められた女の子たちの姿が、このうえもなく不気味に浮《う》かび上がっているように見えた。

「あ……うわ！」

私と明彦は恐《おそ》ろしさに飛び上がると、その場から逃《に》げ出した。

「アハハハハ!!」

山道を転げるように下る私たちの頭の上に、なんとも気味の悪い高笑いが降ってきた。

「うわ――！　うわ――っ!!」

たまらず上げた叫び声が、よけいに恐さを増すはめになった。

私たちは自転車を放ったまま、走って家まで逃げ帰った。

「それで、それで？　魔女は本当にUFOを呼んだの？　UFOは本当に来たの？」

「来たと思うよ。ハッキリとそれは見てないけど、逃げながら頂上を見るとね、木の枝の間から、頂上がパーッと明るくなって、何かがキラキラッて光るのが見えたんだ。あれはUFOが来たんだよ」

「すごいや！　すごいや!!　恐い!!」

幼稚園《ようちえん》に上がったばかりの息子《むすこ》は、何かというと私のこの話を聞きたがる。話を聞いている間は身をちぢませ、クッションを抱《だ》いて顔を隠している。震《ふる》えるほど恐いくせに、それでも何度も何度も、やはり震えながら聞くのだ。息子にとってこの話は、恐いけれどとても魅力《みりょく》的な話らしい。

私は、苦笑《くしょう》する。

はげ山は、魔法の山でもUFOの基地でもなかった。

山道に置かれた白い小さな石像。あれは「三十三観音《かんのん》」だった。

ひとつひとつが巡礼寺《じゅんれいじ》をあらわしていて、そこを参ることで巡礼をしたことになるのだ。時折ここを訪《おとず》れる見慣れぬ人は、お参りをするために近隣《きんりん》からやってきた人だった。

誰かが聞いた呪文のようなものは、おそらく「般若心経《はんにゃしんぎょう》」だろう。

大人たちが「山に入るな」と言ったのは、観音さまにイタズラをさせないためだった。祟り云々《うんぬん》というのは、もちろん単なる噂だ。

そして、あの女の子二人。

彼女たちが異質に見えたのは、彼女たちが「町の子」だったからだ。

髪型やアクセサリーに凝《こ》り、目が大きく見えたのは付け睫《まつげ》やマスカラ、口が真っ赤に見えたのは口紅と、ちゃんと化粧《けしょう》をしファッションもきめている。中学生ではなく、もっと大人。きっと、普段《ふだん》はもっと都会で暮らしている大学生とかじゃなかっただろうか。休みに帰省し、サイクリングにでもやってきたのだろう。

私と明彦は、からかわれたのだ。

彼女たちが、まるでいつもしているかのように呪文を唱えたのは、あれはどうも有名なアニメか漫画《まんが》のものだったらしい。だから彼女たちは、お互《たが》い目配せだけであのような芝居《しばい》ができたのだ。

私が逃げる際に見た光。あれは雲に隠れていた太陽が出てきたのと、キラキラ光ったのは、きっと鏡に反射した光だ。

まったく。

まったく、してやられた。

あの時の自分の幼さを思うと、まったく赤面してしまう。

それでも。

今ではもう田畑も森もなくなってしまった故郷を思う時、あの頃の緑と土の匂《にお》いが、その中を転げまわって遊んでいた自分の姿が胸をしめつける。

家々の中に、庭に、辻《つじ》に、山に、森に、水辺に、信仰《しんこう》が生きていた。神秘がひそんでいた。

あの時、はげ山での出来事を本気で恐れた自分の純真と、私たちをからかった女の子たちの無邪気《むじゃき》が、気恥《きは》ずかしさとともに、なんだか切なく思い出されるのは、私が年をとったからだろうか。

あまりに美しすぎて悲しくなるくらい大切な思い出に感じるのは、容赦《ようしゃ》なく流れ去る時とともに、すべてが失われてしまったからだろうか。

すっかり「町」らしくなってしまった故郷。

はげ山は確かにそこにあるけれど、山全体が遊歩道として整備され、コンクリートの階段や洒落《しゃれ》た休憩《きゅうけい》場所ができ、そこにはもう魔女もＵＦＯも、ひそむ隙間《すきま》はない。

それが残念で。

残念でならない。

ただ。

この話を繰《く》り返し繰り返し、震えながらも目を輝《かがや》かせて聞きたがる息子の心の中に、私が決して失いたくない「純真」が受け継《つ》がれている。

だから、私も繰り返し繰り返し話して聞かせるのだ。あの時の驚《おどろ》きと恐怖《きょうふ》と神秘そのままに。

この純真は、やがて息子の子どもたちへと受け継がれてゆくだろう。

その時私は、孫たちの「魔女とＵＦＯを見た自慢《じまん》のおじいちゃん」になるのだ。

人魚の壺《つぼ》

街で偶然《ぐうぜん》、高校の同級生に会った。

「森田《もりた》……森田だろ！」

「……林田《はやしだ》？」

都内の喫茶店《きっさてん》で見かけた男を、二十数年ぶりでも森田とわかったのは、窓際《まどぎわ》の席に一人座《すわ》り、ぼんやりと外を眺《なが》めている姿が高校時代と同じだったからだ。

「久しぶりだなあ。二十三、二十四年ぶりか？　あ、座っていい？」

「あ、うん」

変わっていない。この、どことなくぼーっとした感じ。

あの頃《ころ》よりさらにボンヤリ度が増した気がするのは、やはり歳《とし》のせいだろうか。

「卒業以来だもんなあ。お前、大手の証券会社へ就職したって聞いたけど、ホント？」

「ん、まあ」

森田は、無口で鈍《どん》で朴訥《ぼくとつ》な男だったが、頭は良かった。

バスケ馬鹿《ばか》で、よく動きよくしゃべる俺《おれ》とはいい対照で、俺たちはそう親しくもなかったが、みんなから「森林《しんりん》、森林」と、よくコンビで呼ばれたものだ。

俺は、たまに森田から勉強を教えてもらったりした。

「なつかしいなあ～」

俺は一人、思い出に浸《ひた》った。

クラブに明け暮れた日々。たまの休みにはナンパにカラオケ。

「インハイじゃいいとこまで行ったんだけどな～。惜《お》しかったなあ～」

勝手にしゃべりまくる俺を、森田は曖昧《あいまい》に笑って見ていた。

そういえば、俺のこの思い出には森田は出てこない。どこにも。

そうだ。こいつは、いつも窓際の席にいた。一人で本を読んでいた。なんだかカタイ本を。あれは……そう、太宰治《だざいおさむ》とかだ。

そうだった。森田は、孤立《こりつ》しているわけじゃなかった。いじめられてもいなかった。とっつきにくい奴《やつ》だけど、嫌《いや》な奴じゃない。暗い奴でもない。なんというか、一人でいるのが好きなんだな。

だから俺たちは、学校ではコンビのように扱《あつか》われていたけど、プライベートで付き合うことはなかった。卒業して、それきりになった。

「元気だったか？　結婚《けっこん》は？」

「……いや」

「俺なんか、上の息子《むすこ》がもう中学だぜ。反抗期《はんこうき》で手を焼いてるよ」

「そうか」

「……すまん。邪魔《じゃま》だったか？」

「――いや、違《ちが》うんだ。会えて嬉《うれ》しいよ。俺たちコンビだったもんな」

「覚えてたんだ。森林、森林って言われてたよな」

「楽しかった」

「そうか⁉　お前って表情がわからないから、機嫌《きげん》がいいのか悪いのかわからないんだよな」

「お前がうらやましかったよ、林田。いつも明るくて、元気で」

「お前こそ、大人だった」

実は森田は、ひそかに女子にもてていた。女子高生は、ガキっぽい男より大人な男の方が好きなものだ。

森田はそうハンサムでもないが、寡黙《かもく》な雰囲気《ふんいき》がどことなく神秘的でストイックに見える。実際、何を考えているのかわからない奴だった。

そして今の森田は、二十数年の歳を重ねて、あの頃よりもっとずっと雰囲気が重くなった気がする。

歳相応にどっしりと落ち着いた、という感じではなく、どこか……思いつめているような。

「……仕事は順調か？　この不景気だろ。うちなんかキューキューいってるぜ」

「……」

「なんか……問題でもあるのか？」

「……林田」

「ん？」

「人魚って、いると思うか？」

「………はあ？」

「俺の初恋《はつこい》の相手って、人魚姫《にんぎょひめ》なんだぜ」

いきなり何を言い出すんだ、この男は？

昔から何を考えているかわからない奴だったが、四十を過ぎたおっさんが、何が人魚姫だ？

「小さい頃読んだ人魚姫の話が忘れられなくてさ。最後は海の泡《あわ》になってしまう彼女《かのじょ》が、かわいそうでかわいそうで……」

「…………お前、それで今にいたるまで独身なんだ、とは言わないよな？」

「……」

俺が知っているだけでも、高三の時こいつは女からの告白を三回振《ふ》ってる。そのわけが「人魚姫が好きだから」だったなんて、あんまりじゃないか？

「少し前に、北陸の方へ旅行した……」

森田は、唐突《とうとつ》に話し始めた。

「港の近くに小さな骨董市《こっとういち》が立っていてな。骨董には興味はなかったけど、珍《めずら》しくて見て回った」

森田は、そこでひとつの壺に出会った。

香炉《こうろ》を売っていた店だったが、店主のそばに置かれていた壺に、森田はひきつけられてしまった。

壺は両手にちょうどおさまるぐらいの丸い形で、白地に人魚が一人描《えが》かれていた。

「日本画のような、繊細《せんさい》で緻密《ちみつ》な絵だった。俺は、目が釘付《くぎづ》けになったよ」

森田は店主に、その壺は売り物かと訊《き》いた。

帽子《ぼうし》を目深《まぶか》にかぶりキセルをふかしていた店主は、森田の方を見ることもなしにこう言ったという。

「この壺が欲《ほ》しければタダであげるよ。持っていきな」

「それで……タダでもらったのか？」

「ああ」

「安物だったのかな」

「そうは見えなかったけど、そんなことはどうでもよかった。その人魚は……すばらしかったよ」

伏目《ふしめ》がちに話す森田だが、その目は妙《みょう》に輝《かがや》いていた。俺は、ちょっと薄気味《うすきみ》が悪くなった。

「それからは、毎日その壺を磨《みが》いたよ。人魚の絵は、磨くたびに色が鮮《あざ》やかになっていくんだ。それが嬉しくて、楽しくて……」

独身の中年男が、夜ごと壺を磨いて人魚の絵にみとれている姿なんざ見られたものじゃない。

高校卒業後、森田はその変人ぶりに、ますます磨きがかかってしまったようだ。

「ところがな、林田……しばらくすると、俺はあることに気がついたんだ」

「なに？」

「絵が動くんだ」

「は？」

「人魚の絵が動くんだ。少しずつ……」

毎日毎日、白い壺の表面を磨くたび人魚は動いた。それはまるで、泳いでいるようだったという。

両手を動かし、尾《お》っぽをふり、緑の長い髪《かみ》をなびかせ、表情を変え、人魚は森田を楽しませた。

「俺は、もう夢中だった。一日中でも人魚を見ていたい気分だった」

「お前……その……疲《つか》れてたんじゃないか？　仕事とかが忙《いそが》しくてさ」

俺がそう言うと、森田はまた曖昧に笑った。

「そう思われて当然だと思うよ。そう思っててもいいから……もう少し俺の話を聞いてくれ」

壺の表面を泳ぎ回る人魚は、いつしか森田に話し掛《か》けてくるようになった。

「逃《に》がしてくれって言うんだ。ここから……この壺から解放してくれって……。そんなことはできないって言った。俺は彼女を手放したくなかったから。そうだろ？　そんな……いまさら逃がすなんて……。でも、そうしていると……悲しそうにするんだよ。それを見てるとかわいそうで……」

悩《なや》んで悩んで悩んだあげく、森田は人魚の言う通りにすることにした。

人魚の壺をもらった、あの北陸の海辺へ行き、波打ち際で壺を割った。

粉々になった欠片《かけら》はすべて真っ白で、どこにも人魚の姿はなかった。

「逃げたんだよ。海へ還《かえ》ったんだ」

森田は深いため息をついた。その表情は、失恋《しつれん》した男そのものだった。

ずいぶん沈《しず》んで見えたのはこのせいだったのかと俺は思った。しかし、話にはまだ続きがあった。

「夢を見るんだ。あの人魚が……俺を呼んでるんだよ」

「よ、呼んでるって？」

「わからない。とにかく、俺を呼ぶんだ。海から顔を出して、こっちへ来い、こっちへ来いって」

森田は、この夢をもうずっと毎晩のように見続けているという。

俺は、なにかしら背筋が寒くなるような気がした。この話が本当だとは思わないが、それでもとにかくゾッとした。

俺は、水を一気に飲んでやっと言った。

「そ、それで……お前、いったいどうする気なんだ？」

「さあ……。どうすればいいと思う？」

疲れのにじんだ顔で、森田は言った。

俺は、どうこたえていいかわからなかった。「病院へ行け」と言うべきだったんだろうか。

森田はゆっくりと席を立つと、ちょっと会釈《えしゃく》して行ってしまった。

俺はただ、呆然《ぼうぜん》と見送るしかなかった。

森田とは、それきりになった。

少しして新聞に、ある大手の証券会社での横領事件が載《の》った。

幹部の一人が逮捕《たいほ》され、その命令で実際に金を横領していた容疑者として、森田の名前があった。

森田は、ただ上司の命令に逆らえなかっただけだろう。

あの人魚の話は、追いつめられた森田の、単なる現実逃避《とうひ》だったのだろうか。

行方不明《ゆくえふめい》の森田は、全国に指名手配された。

今もまだ捕《つか》まっていない。

海を望む窓辺に

　気がついたら、病院のベッドの上だった。

「由比《ゆい》！　──ああ、気がついたのね。よかったわ」

　目をまん丸にした母の顔がのぞきこんでいた。

　ちょっと困ったように眉《まゆ》を寄せている顔が、ますます「ベティちゃん」みたいだ。

「え？　あれ？　なに？　なに、どうしたの？」

　私は横たえられ、頭が動かないようガッチリ固定されていた。

　たしか、さっき駅前でお蕎麦《そば》を食べて、鶴岡八幡宮《つるがおかはちまんぐう》の近くに素敵《すてき》なカフェがあるから、そこでお茶しようと思って……。

「あんた、交通事故にあったのよ」

　母は、大きく溜《た》め息《いき》をついた。

「……うそ。マジ？」

事故にあうと前後の記憶《きおく》が飛ぶというのは本当だった。

私も丸一日の記憶が、きれいサッパリ吹《ふ》っ飛《と》んでいた。薬が効いているのか痛みはないけれど、身体《からだ》中がしびれている。自分のものじゃないみたいだった。

「だから、一人旅なんてよしなさいって言ったのに」

母が、また大きく溜め息をつく。

「えーと……。じゃ、ここ……鎌倉《かまくら》？」

「そぉよ。連絡もらってすっ飛んできたのよ。一週間は動かせないっていうから、母さん病院に泊《とま》り込《こ》みよ。あー、やだわ。病院で寝起《ねお》きなんて気がめいっちゃう」

いつもの軽口を叩《たた》いている。それほど深刻でないことがわかってほっとした。

「なによ～、その言い方は」

「助かったからこそ言えることよね～。お父さんの方が、よっぽど死にそうだったわよ。命に別状はないって言われても、その顔のハレを見ちゃあねえ」

「ハレてるの？」

「赤鬼《あかおに》みたい」

父と違《ちが》って、こういう言い方ができる母である。

「お父さん、あんたが一人で旅行するのよく思ってなかったから。そう思うんなら止《と》めりゃいいのに。だからもう半狂乱《はんきょうらん》で、事故をおこした相手の胸ぐら摑《つか》んで〝殺してやる〟なんて言うのよ～。冷《ひ》や汗《あせ》かいちゃったわ」

「検事さんがそんなこと言っちゃイケナイわねぇ～」

真面目《まじめ》で熱血漢の父。超多忙《ちょうたぼう》な上に心配までかけて、申し訳ないと思った。

「慣れないことをするから、こーいう目にあうのよ」

ちょっと意味深な横目で母が見ている。

「……あたしだって、一人で旅したいこともあるもん」

努めてさり気なく言ったつもりだった。成功しただろうか。

「女の一人旅で鎌倉へ？」

わざとらしく目玉をくりくりさせる。母は時々こういう言い方や表情をするのだ。

むかつく。

母はさらに、フンと小さく鼻で笑って言った。

「古臭《ふるくさ》いわ。失恋《しつれん》したから海を見に行くなんて」

「し、失恋なんかしてないもん!!　……アイッタタタ！」

なんでわかったんだろう!?

それとも「海を見に行く」＝「失恋」と決まっているのだろうか。

私はまっ青《さお》になった。いや、まっ赤か？　いずれにせよ赤鬼のような顔ではわからなかったとは思うが。

「まぁねぇ。今の季節、海がきれいよね。この病院ね、ちょうど海を見下ろす高台にたってるのよ」

「ほんと!?」

「あんた、見られなくて残念ねぇ～」

また目玉をくりくりと……ムカック。

そう言われて耳をすますと、かすかに波の音が聞こえてきた。ああ、見たいなあ。青くて広い海。

「木元《きもと》さんっていったっけ……？　彼氏《かれし》と何かあったの？」

その名前を聞くだけで心臓が跳《は》ね上がる。もう二度と聞きたくもない名前。二度と見たくもない顔。

「……関係ないわよ。あんな奴《やつ》とは、と——の昔に切れちゃってるもん」

「ホ～～ント」

ムカック！　その訳知り顔!!

母にはかなわない。

私の一人旅は、古臭いようだけど、まさしく失恋旅行だったからだ。

私は、三年間付き合った男に、あっさりと裏切られた。

あいつは、あろうことか他《ほか》の女と私を二股《ふたまた》かけて、向こうと結婚《けっこん》するから私には別れてくれとぬかしやがったのだ。

「しかも何よ、あの女は！　あんな女……!!」

あいつが花嫁《はなよめ》に選んだのは、私と正反対の女だった。

頭はよくないけれど、可愛《かわい》くて、男の言う事を何でもウンウンと聞いてくれる女。

自分の考えなんてなくて、男に口ごたえも意見もしない女。

「〝可愛いだけの女はつまらない〟ですってぇ～～？　よくも言ってくれたもんだわね、大バカヤロウ!!　……その言葉を信じたあたしは……もっと大バカヤロウだわ……!!」

なにがくやしいかって、それが一番くやしい。

あんな男を信じた私。あんな男だったってことを見抜《みぬ》けなかった私。

サー……。サー、サラサラ……。

遠くに聞こえる波の音。海の見える丘《おか》にたつ病院。

「シチュエーションだけはロマンチックよね。今のあたしにピッタリ。海が見られりゃもっといいのにさ！　ベッドに釘付《くぎづ》けなんてサイテーよ！　サイテー!!」

自分自身に憎《にく》まれ口を叩いた。心の中が荒《あ》れ狂《くる》う。「ちゃぶ台を思い切りひっくり返したい」気分だった。何もかも……何もかも……!!

チチッと、窓辺に小鳥の声がした。ふと、心がゆるむ。

波音が聞こえた。知らずにその音に耳を傾《かたむ》けていた。

遠くからたゆたうようにやってくる波音に、心も静まってゆく。

「あたし……何やってんだろ、こんなとこで……」

順風満帆《じゅんぷうまんぱん》という言葉があるけれど、私の人生はその形容詞をつけてもいいものだった。自惚《うぬぼ》れではなく。努力はちゃんとしたから。

学生時代から、私は自分に自信があった。考えることも。やることも。その通り人生は進んできた。

だけど、不運とか不幸というのは、ある日突然《とつぜん》、なんの前触《まえぶ》れもなくやってくるものなのだと、そしてそれは、今までの幸運をご破算にでもするかのように集中するものなのだと、思い知った。

この頃《ころ》、私はまったくついていなかった。

順調に出世街道《かいどう》を歩んできたと思ったら、突然の人事異動でやってきた上司と、わけもわからないままに衝突《しょうとつ》。仕事をほされた状態にあった。

白い柴犬《しばいぬ》が欲《ほ》しくて欲しくて探し回って、順番を待って待って、やっと手に入れたとたん、交通事故で亡《な》くした。

財布《さいふ》を盗《ぬす》まれた。今まであったこともないのに、やたらと痴漢《ちかん》にあった。お気に入りのカップが割れた。男に振《ふ》られた。

「……あげくにこのザマ……？」

笑えてきた。口のはしが上がると、ひきつったように痛んだ。

その夜は、眠《ねむ》れなかった。なんだか無性《むしょう》に泣けてきて。

あおむけに寝かされたまま泣いている自分が、また情けなくて。

海の見える病院は、なんだかとても静かだった。車の音とかも聞こえなかった。

おだやかな陽射《ひざ》しが白いカーテンにあたっている。外はきっと、気持ちがいいだろうな。

「由比」

「ん〜〜？」

「お母さん、コォヒィ飲んでくるから。おとなしく寝ててね」

「へーへー。ごゆっくり」

私がいた病室は四人部屋だったけど、患者《かんじゃ》は私と、いつもぼーっとしているおばあさんと二人だけだった。

海が見えるという窓はベッドのすぐ脇《わき》にあったけど、動けない私にはかろうじて窓《まど》枠《わく》が見えるだけだった。

存在感のある母がいなくなると、とたんにより静かになる病室。波音がぐっと大きさを増す。

「はああ〜〜〜〜っ……」

なんだかすごく大きな溜め息が出た。その時、

「ヨゥ！　おたく新入り？」

すぐ耳元で若い男の声がした。思いもかけなかったので、びっくりした。

「えっ、誰《だれ》っ？」

私の声を聞いて、グッと声をつまらせる気配がした。

「ゴメン……！　女の人だったのか」

すごいショックを受けてしまった。

「……性別もわかんないくらいひどいの？　あたしの顔」

「いやあ……！　でも、そのボコボコは打撲《だぼく》だろ？　きれいに治るって」

窓からのぞいていたのは、やはり若い男だった。

外の光を背にしていたし、私には角度的にも彼の姿は三分の一ぐらいしか見えないのだが、声の調子から、身も心もまだ若いという感じが伝わってくる。

「やあ、おばあちゃん。元気？」

「入院してるのに、元気ってことはないでしょ」

「そりゃそうだ」

男は、また軽く笑った。

「どーもこう……そう深刻でもない病気で長いこと入院してるとさあ、会話が変になってくるんだよね」

「入院して長いの？」

「うん。二年ぐらいかなあ」

「そんなに？　どこが悪いの？」

「肝臓《かんぞう》。安静にして、栄養のあるものを食ってなくちゃならないんだ」

彼は、栄養のあるものを、という部分を強調した。なにを威張《いば》っているんだか。

「バルコニーを伝って歩き回ってるの？　ナースに叱《しか》られるわよ」

「気分転換《てんかん》だよ。気分転換」

ふわりと、軽い感じがした。よく晴れた日に干された、白いタオルかシャツのような感じ。軽くて、乾《かわ》いてて、お日様の匂《にお》いがする感じ。そんな第一印象だった。

彼は、色が白く痩《や》せているせいか、ほんの幼い子どものように見えた。笑い声が、とても無邪気《むじゃき》だった。

「おたくは？　交通事故？」

「信号無視の車にはねられたのよ」

「お気の毒」

母が帰ってきた。病室の前で主治医の先生と話をしている。その声がよく聞こえる。

「あら、センセ。娘《むすめ》がお世話になってますぅ」

おやおや。思いっきり余所《よそ》行《ゆ》きの声だこと。電話に出る時の第一声の声色《こわいろ》だ。相手が身内とわかったとたん、一オクターブほどトーンが下がるのには、毎度のことながらあきれる。

「特に変わったこともないですね」

「ハイ。おかげさまで」

「順調にいけば、来週には地元の病院へ移れますよ。ここじゃ何かと不便でしょう」

「いぃえぇ。皆様《みなさま》にはホントに良くしていただいて！」

クスッと笑う声が頭の上でした。

「あれ、お母さん？」

ほぉら。わざとらしいことしてるから笑われちゃった。

「そう。かなりネコかぶってるけどね」

彼は、また軽く笑った。

「じゃ、またね」

窓辺から気配が遠のく。

きっとあやって、あちこちの窓へ首を突《つ》っ込《こ》んでいるのだろう。

「ヒマなのね。そりゃそうよね」

青春真《ま》っ只中《ただなか》って年頃だった。二年も缶詰《かんづめ》なんて、まったく気の毒な話だ。女の子にモテそうな顔だったのに。ジャニーズ系というやつだ。

自分の状態はさておいて、私はすっかり同情モードになっていた。これも一種の現実逃避《とうひ》だろうか。

そのジャニーズ君は、あくる日もやってきた。動けない私の顔をちょっとのぞきこむように話をする。

陽の光を背中から浴びて窓枠に肘《ひじ》をつき、動けない私の顔をちょっとのぞきこむよ
茶色の髪《かみ》が、白い顔をさらさらとなでていた。

「俺《おれ》、サラリーマンとかＯＬとか憧《あこが》れちゃうな」

「なんで？」

「だってさ、ちゃんとした社会人って感じがするじゃん。社会の歯車のひとつとして、日本を支えてるわけだろ」

なんてまあシンプルな、小学生のように無邪気な考え方だろうか。

「大袈裟《おおげさ》ね」

「俺、まだ働いたことないんだ。高校を出る前に病気したからさ。高校はバイト禁止だったし。社会人として、ちゃんと仕事をまかされて金を稼《かせ》いでいる人ってえらいなあと思うし、自分もそうなるぞって思ってた」

可愛くて健気《けなげ》な思いだった。髪を茶パツに染めているとはいえ、彼の高校生活はきっと真面目《まじめ》で、明るく、健全なものだったに違《ちが》いない。

以前の私なら、彼をえらいわねと誉《ほ》めてあげて、きっと思い通りになるからがんばりなさいと言っただろう。でも、この時の私の口からは、愚痴《ぐち》しか出てこなかった。

「そんないいもんじゃないわよ、社会人なんて……。自分の思い通りに仕事ができるわけじゃないし。上司や同僚《どうりょう》や、世間のしがらみってやつからは逃《に》げられないし。一度つまずくと雪だるまよ」

「雪だるまなの？」

「雪だるまどころか、火だるまよ！」

「だから包帯だらけなんだ」

「――っ……（何うまいこと言ってんの!?　ムカツク）」

「でもさ。生きてるからいいじゃん」

「………そうかな」

ああ、なんて情けない私。

まだ男の子といってもいいぐらいの子の言う事に、素直《すなお》に「そうね」と言えないなんて。

「じゃ、また」

彼と入れ替《か》わるように、母が帰ってきた。

「ただいまあ。いや〜、ここの喫茶《きっさ》はなかなかいいわよ。ケーキがおいしいの」

「そりゃ良かったわね」

　知ってか知らずか、彼はいつも母のいない時に現れた。だから私も、なんとなく彼のことを母に言いそびれていた。彼との会話を母に邪魔《じゃま》されたくなかったからかもしれない。

「男に振られたばっかりなのに、もう乗《の》り換《か》えたの？」なんて言われるに決まっているからだ。

　静かな静かな昼下がり。遠くに波音を聞きながら、彼とたわいもない話をしていると、とても心がなごんだ。

　動けない身体《からだ》で一日中天井《てんじょう》ばかり見ていると、気分がどんどん落ち込んでくる。悪いことばかり思い出すし、悪い方向へばかり考える。

　そんな時、光の射し込む窓辺に彼がひょっこり現れて、やあ元気？　と言ってくれると、とたんに気持ちがフワッと軽くなった。気がまぎれるのだ。

「俺、貿易とか国際取引とか、外国へ商売しに行ったりする仕事をしたいんだ。スーツとかビシッと着込んでさ。カッコイイじゃん」

そう話す彼は、まだ夢多き青年だった。

社会のあくたにまみれていない、それはほんの子どもの憧れに過ぎないけれど、そんな彼を見ていると、自分にもこんな時期があったなあなんて、しみじみしてしまう。

「夢ばっかりじゃ食っていけないわよ。現実なんて、ムナシクてキビシイものなんだから」


あの頃、私は何を夢見ていただろう。

勉強もできて運動もできた。友達も多かった。

音楽と映画が好きで、できれば映画関係の仕事につきたいと思ってはいたけれど、一流企業《きぎょう》へ採用の決まった私は、その方を選んだのだ。

親や知り合いは喜び、羨《うらや》ましがった。でも仕事の内容は、ただの営業だった。

横柄《おうへい》で我がままな客に、下げたくもない頭を下げて回る毎日。

「そりゃあ、あたしは仕事はできたわよ。女の出世スピードの記録保持者なの」

「カッコイイ！」

「何が！　そんなものは砂上の楼閣《ろうかく》だったわ」

「？　さじょうの……？」

「上司が変わったとたん、何もかも逆転したの。その上司は、あたしのやり方、あたしの態度、すべてに文句をつけてきたわ。要するに、あたし自身がお気に召《め》さなかったのね。……ほんとに……男ってやつは……どいつもこいつも！」

見たくもない顔が次々と浮《う》かんでくる。あいつに！　あいつ！　あいつも!!

わかってるわよ。あんたらがどうしてあたしを嫌《きら》うか。

男って、自分より頭のいい女は嫌いなのよね！

自分の意見をハッキリ持ってて、それをハッキリ言う女は鬱陶《うっとう》しいのよね！

男に歯向かう女はムカツクのよね！　それが的を射ていたらなおさらよね!!

そんなのわかってた。もう小さい頃から。

でも、私はそれでもよかったのよ。だって、それが私だもの。

誰かのために自分を変えることなんてできない。私を私のまま受け入れてほしいの。

あいつは、そんな私がいいと言った。

やっとそんな男に出会えたと思ったのに。うまくやっているつもりだったのに。

それは私がそう思っているだけだったの？

唇《くちびる》をかみしめたら、涙《なみだ》があふれてきた。

ああ、なんてみっともない。子どもの前で泣いてしまうなんて。

でも止められなかった。彼は、黙《だま》っていた。あきれているだろうな。

あたしは開き直って、涙声で言い放ってやった。

「どーせあたしみたいな女は、男の好みじゃないわよ。悪かったわね!!」

そうよ。上司なんてどうでもいいの。運が悪いのも関係ない。

何がこんなに悲しいのか、思い知らされるのがつらいの。

私は、あいつが好きだった。好きだったんだ。自分でも信じられないぐらい。

こんな私をいいと言ってくれる、骨太の男と思っていた。そこらに転がっているような男じゃないんだと嬉《うれ》しかった。

でも、それは間違いだった。しょせんは、あいつもただの男だったのだ。やさしいだけの女に尽《つ》くされて喜ぶようなレベルの低い男……。

いいや。違う。違う!

そんな男でもよかった。

私は、あいつに選んでもらえなかったのが悲しいのだ。

私は……あいつの好みの女になれなかったのが、つらいのだ。こんなにも。こんなにも……。


波音がやさしくただよってくる。静かな病室。

かわいたやさしい風が、カーテンと彼の茶色の髪をサラサラとなぶっていた。

彼は、私が落ち着くまでじっと待っていてくれた。

その表情はおだやかで、まるで一人前の男が女を見守っているような、そんな感じがした。

子どものようでも、やっぱり「男」なのだ。私の方がちょっと照れてしまった。

気を取り直して、大きく深呼吸する。心がようやく静まった。

「……これが本当のあたしなのよね……。男の胸ひとつでお先は真っ暗。はぁ～あ、夢も希望もないわよ」

「ほんとにそうなの？　他《ほか》の道はないの？」

「そんなこと……ここ何年も考えたこともなかったわ。いろいろ忙《いそが》しかったし……。

ハ！　人生を考え直すにはちょうど良かったかもね、この事故は」

皮肉まじりにそう言ってみた私だが、にっこりと嬉しそうに笑った彼の笑顔《えがお》に、一《いっ》瞬《しゅん》で毒気を抜《ぬ》かれてしまった。

「そーそー。生きてるから。それだけでいいじゃん」

いつも逆光でよく見えないけれど、彼の表情はやわらかくて軽い。

まだ社会に出たことがないせいだろうか。素朴《そぼく》というか、とても素直だ。今の自分の身の上を別に嫌《いや》そうでもないし、拗《す》ねてもいないようだ。こんな弟がいればいい、と思う。

「生きていればさ、なんとかなるよ」

彼はこの言葉を繰《く》り返す。

これはきっと、自分自身に言い聞かせているのだろう。病気と持久戦を強《し》いられている身なればこその、説得力のある言葉でもある。

「……そうね」

私も、やっと素直になれた。

大人ぶっているのではなく、素直にこう思えた。彼の言う通りだと。

「人生ってさ、何が起こるかわかんないもんなんだよね。だから気持ちだけは、いつも前向きでなきゃ。でなきゃ、チャンスが来た時に逃がしちまうだろ」

一人前のことをのたまっている。可愛い。

でも、とてもいいことを言ってくれている。きっと彼は彼なりに、毎日人生について考えているのだ。

単純だけど、単純だからこそ、これは真理なのだ。今、私が、立ち帰らなければならない原点なのだ。

「まだぜんぜん遅《おそ》くないよ。これから、いくらでもやり直せるさ」

彼の言葉だからこそ、胸に迫《せま》る。彼のためにもがんばろうという気になる。

「……あんたもね。早く良くなるといいね」

「うん」

元気に笑った顔が、とても男らしかった。

でも。

これが、彼と交《か》わした最後の会話だった。

ベッドから起き上がれるようになった日。

私は、私の病室が二階にあり、窓の外にはバルコニーなど、人が立てるような場所などないことを、知った——。

窓の外には、美しい海原《うなばら》が広がっていた。
青い海。青い空。やさしい風。
でもこの窓辺にたずねてくる人は、もういない。

＊

彼は　いつ頃からああやって　窓から人々をたずねてまわっているのだろう
なぜ　私の窓辺へ来たのだろう
なぜ　私に情けをかけたのだろう

生きてるからいいじゃんと　彼は言った　笑って　言った
あの言葉が　今　胸にしみとおる

この白い窓辺から望む　青い海　彼が　きっと望んでいただろう景色
しかし　彼はこの景色を
この窓の外では　ついに望むことはできなかったのだと
そうなのだと　わかる
青い　青い海
来る日も来る日も　この窓辺で　波の音を聞きながら
彼は　何を思ってきたのだろう
そしてこの窓辺に　彼の思いだけが残った
夢も希望も　何も果たされないまま

私は
私は　生きてゆこう
とりあえず　生きてゆこう
なんとかなるよと　そう言ってくれた人の思いにむくいよう

私は生きて
私の夢と希望をもう一度見つめ直そう
彼の言葉に素直になれた自分のままで生きてゆこう
私に託《たく》された彼の思いを抱いて生きてゆこう
私は　これからも生きてゆこう

春疾風《はるはやて》

午前中のキンとした空気が、いくぶんゆるんだ気がした。

森は静かだった。

鳥のさえずりもなく、虫の音もない。木々の葉ずれも聞こえなかった。

生き物たちは、ことさら意識して沈黙《ちんもく》しているようだった。

すべてが、ひっそりと息をひそめている透明《とうめい》な静けさだった。

「ああ……これが、静謐《せいひつ》というものなのだな」

目を閉じてじっとしていると、森と一体になれる気がした。

気持ちがどこまでも穏《おだ》やかになった。今までの暮らしが、人生が、嘘《うそ》のように溶《と》けて洗い流されていく感じがした。

「このまま、ここにいたい。ずっといたい……」

心からそう思った。

その時、森の向こうから何かがすごい勢いでやってきた。
来た……！
誰《だれ》かが叫《さけ》んだ。いや、それは森の叫びだった。
木が、草が、土が、動物たちがそう思ったのだ。
来た!!
ドン！と、それは山肌《やまはだ》にぶつかった。その衝撃《しょうげき》が山中《じゅう》に、森中《じゅう》に広がった。
ああ
春が来た……！
生き物たちが、いっせいにざわめきはじめた。
木の内で、葉の中で、土の下で、この時を待ちわびた生命が活動を開始した。
ぶるぶると身震《みぶる》いする振動《しんどう》が伝わる。むくむくと成長する気配がする。
そうか……みんなこれを待っていたのか

そうか

春疾風だ

毎年この山の頂きにぶつかった春の空気が、麓《ふもと》の村々へ強風となって駆《か》け下りてくる。

年が明けて初めて感じる暖かい風。

よく洗濯物《せんたくもの》が飛ばされた。毎年子どもや年寄りが転んではケガをした。

だが、景色は一気に春めく。空も森も水も、塗《ぬ》り替《か》えられるように春色になった。

この春風が好きだった。

ちょっと気の強い、可愛《かわい》い女のようで。

「そうだ……あの頃《ころ》は、一日中この山にいたな。一日中……森や村を駆け回って遊んでいた」

風が吹《ふ》く。

山にぶつかった春疾風が、麓の村へと駆け下りてゆく。

あの村へ。

「わっ、イタ！」

突然《とつぜん》舞《ま》いあがった土ぼこりがその顔を叩《たた》いた。頭上で洗濯物がバタバタとすごい音をたてている。

スカートをおさえ、痛い目をようやく開けると、涙《なみだ》で少しにじんだ景色の中に、なつかしい人が立っていた。

「兄《にい》ちゃん……!!」

十何年ぶりで見るその顔。知った姿とはずいぶん変わってはいるが、間違《まちが》いようもない、たった一人の兄。

「兄ちゃん、帰ってきたん？　帰ってきたんやね！」

頷《うなず》く兄に、妹は嬉《うれ》しそうに駆け寄った。

「何年ぶりやろう！　帰ってきてくれて嬉しいよう」

思わず涙ぐむ妹。兄の心に、なつかしさがこみあげる。

よく二人でこの裏庭で過ごした。

犬を飼った。鶏《にわとり》の世話をした。いじめて泣かせた。

あの頃と、少しも変わらない無垢《むく》な顔をした妹。

今、春風に吹かれながら、何ひとつ変わらない家の庭に立つ。

(帰ってこられた。俺《おれ》は……帰ってこられたんだ。よかった——)

空を仰《あお》いだ兄の心は、静かで美しいものに満ちていた。

いかにも高級そうなスーツをまとった兄を見ながら、妹は言った。

「父《とう》ちゃんはな、兄ちゃんはろくなもんにならんって毎日のように言うんよ。でも、こんなに立派になって帰ってきたの見たら、きっとびっくりするよ」

兄は、やさしく笑った。

「父ちゃんは正しい。……だから、父ちゃんに謝《あやま》っといてくれ。母《かあ》ちゃんにも、すまんって」

妹は首を振《ふ》った。

「それは自分で言うんよ、兄ちゃん。父ちゃんも母ちゃんも勘弁《かんべん》してくれるから、ね。父ちゃんは今おらんけど、母ちゃんを呼んで来る。待っといて」

妹はそう言って走っていった。その後ろ姿を、兄は一心に見つめていた。

だが、母が妹に手を引かれ、息せききって裏庭へ駆けつけた時、そこには誰もいなかった。

ただ、春風が吹くばかりだった。


春疾風が、景色を春色に塗り替えてゆく。

鳥たちはさえずりあい、花々は咲《さ》き競《きそ》い、森は生き物たちの気配で満ちていた。

峠《とうげ》を越《こ》えたばかりの山道を少しはずれた森の中で、男は死んでいた。

遺体の傷《いた》みが激しく、それが麓の村出身の者だと知らされたのは、ずいぶんたってからだった。

断《だん》崖《がい》

「海に行くんだね」

娘《むすめ》が笑った。行き先は内緒《ないしょ》だったのに、もうばれてしまった。

「潮の匂《にお》いがする」

「もうわかるんだ」

母は苦笑《くしょう》した。

盲目《もうもく》の娘の方が嗅覚《きゅうかく》も聴覚《ちょうかく》も優《すぐ》れているのは当然のこととはいえ、目的地はまだもうしばらく先だというのに、電車の窓から吹《ふ》き込《こ》む風にまじる海の気配を、娘は早くも全身で感じとっていた。

「海に行くの、久しぶりだね」

うれしそうに笑う娘を見るにつけ、母はいつも、人間の持つ潜在《せんざい》能力のすごさに感心させられる。

もちろん、盲目というのは不自由なことも多いけれど、生まれつき盲目である娘は、人さまが思うほど不自由とは感じていないらしく、いたって飄々《ひょうひょう》と生きてきた。家の中の家具の位置、物の置き場所などは母よりもよほど詳《くわ》しく、わずかな音や気配から、人でも物でも、まわりのものをなんでも察してしまう。それはもう、まるで超能力者《ちょうのうりょくしゃ》のようだ。

「人間ってすごいんだ。本当は、すごくすごい力を持っているんだ」

母は、いつもそう思う。娘をすごいと思う。すばらしいと思う。

今こうして向かい合い、見つめ合い、あらためて思いめぐる年月。

娘はもうすぐ嫁《とつ》いでゆく。

つつましやかな恋《こい》を実らせて。

母と同じく、この子を超能力者のようだと感心する人のもとへ。

母ひとり子ひとり、支え合って生きてきた。しかし、娘に支えられた方が大きかった。

娘の障害に対し、母子家庭であることに対し、心無い言葉や態度を投げつけられたこともあった。悔《くや》しさと申し訳なさと悲しさに傷ついて、枕《まくら》を噛《か》んで嗚咽《おえつ》する母をなぐさめたのは、いつの夜も娘だった。

「私は大丈夫《だいじょうぶ》だよ。だからお母さんも大丈夫。そうでしょう？」

その笑顔《えがお》に何度救われただろう。

ああ、そうだ。この子が大丈夫なら、自分はそれでいい。自分も大丈夫なんだ。娘の言う通りだ。

何度も何度も、くじけそうになる度《たび》に、娘のたくましさを、明るさを、一生懸命《いっしょうけんめい》見習った。娘はいつも、母の生きることの先生だった。

　だからこそ、娘が嫁ぐ今、母は二人でたずねたい場所があった。

列車がゆるゆるとホームに滑《すべ》り込む。

「着いたの？」

「あと、バスでもうちょっと」

駅舎を出てバスに乗り込む。その一歩一歩に、母の胸はジンと熱くなった。

あの時と同じ道を行く。

あの時の思いが込み上げてくる。

あの日の自分が、ハッキリと目に浮《う》かぶ。

晩秋だった。とても、とても寒かった。

娘が、ふと黙《だま》りこんでいる。母の様子をもう察してしまったらしい。母は、鼻をすすって笑った。

「あんまりなつかしくて……。ここに来るのは二十五年ぶりだからね」

「じゃあ……」

「そう。あんたが生まれた時だよ」

母と娘は、バスから降りた。

波が岩にぶつかる音がする。風が強い。波のうねる音と風のうねる音が、大地から響《ひび》いてくる感じがする。

「砂浜《すなはま》じゃないんだね、ここ」

母に連れられ、固い岩の上を歩く。どどん、ざざんと、岩を打つ波音が足元から這《は》いのぼってきた。

娘は、自分たちは今、断崖に立っているのだと悟《さと》った。

「さっきアナウンスで言ってたね。ここ、有名な自殺の名所なんだね」

「うん」

母と娘の間を、風がぴゅーぴゅーと駆《か》け抜《ぬ》けてゆく。初秋の風は、もう冷たかった。

母は、娘の手をとった。

「あんたと……死のうと思ってた」

「……」

自分でも、つくづく運の悪い女だと思っていた。

早くに両親に死なれ、世話になった親戚《しんせき》とは折り合いが悪く、学校を出てやっと独立できたと思ったら、仕事先では人間関係に悩《なや》み、毎日毎日泣いて暮らした。好きになる男は決まって酒癖《さけぐせ》や女癖が悪く、別れるのに苦労した。

やっと結婚《けっこん》できそうな男に巡《めぐ》り合えたと思ったら、妊娠《にんしん》を知ったとたん姿をくらました。生まれた子どもは、障害を持っていた。

「その頃《ころ》は生活もどん底で……仕事もクビになったし、貯金もないし……。どうしていいのか、考えるのも疲《つか》れちゃって」

あの時、娘を生んだのが、たまたまこの近くの病院だった。

ふらりと乗った電車の行き先に、ここの地名があった。自殺の名所であることは知っていた。

「偶然《ぐうぜん》とは思えなかったの。自分は、きっと無意識に死ぬつもりであの電車に乗ったんだと思った……」

娘の手をつなぐ母の手に力がこもる。ぎゅっと。

「海が青かった。ものすごく青かった、黒いぐらい……。今も……とても青いわ」

娘にもその青さが伝わるだろうか。

つないだ手を通して、あの時の吸い込まれそうなぐらい青い、深い、海の青、風の冷たさが伝わるだろうか。

「何もない……。何もなかった……。自分には、本当に何もなかった」

仕事も、金も、家も、頼《たよ》れる人も、友人すらいない。生きる希望も、気力もない。

あるのは、この腕《うで》の中の娘だけ。

それだけに。それだけに、この子がいっそ哀《あわ》れで。

この子の生きる世界が、はじめから真《ま》っ暗闇《くらやみ》であるということが、すべてを象徴《しょうちょう》しているようで。

「死ぬしかないと思ったの。あんたは、あたしにとって絶望そのものだった」

母は、娘の頰《ほお》をやさしく撫《な》でた。

見えない目で、娘は母を見つめていた。その闇の中で、今自分はどんな風に見えているのだろう。

母は、娘を力いっぱい抱《だ》き締《し》めた。

「でも、違《ちが》った……！　違ったよ!!」

息もできないくらい、痛いぐらい抱き締められた。でもその痛みが、娘はとても嬉《うれ》しかった。

この痛みは、母の幸せの証《あかし》。母の気持ちが身体《からだ》中に伝わる。

「ここからは笑わないで聞いてね。おかしなことを言うようだけど、頭は大丈夫だからね」

娘を抱き締めたまま、母は涙声《なみだごえ》で言った。

「あの時、この崖《がけ》の上で、あたしは今にも海に飛び込もうとしてた。その時ね、聞こえたのよ――死なないで――って」

吹きつける風の音にまぎれることもなく、その声は母の耳元に届いた。

母は、誰《だれ》かがすぐ後ろにいるのかと振《ふ》り向《む》いたが、観光地といえど晩秋の風も冷たい断崖絶壁《だんがいぜっぺき》に立つ人は他《ほか》におらず、気のせいかと思った瞬間《しゅんかん》、目が合った。

「生まれたばかりのあんたが、あたしをじっと見つめてたの。じっと。見えるはずないのに。まるで見えてるみたいに、あたしを見つめてたの。ふつうの赤ちゃんでも、あんな風に見ないものよ」

その瞳《ひとみ》が忘れられない。

つぶらな、宝石のような目。一心に自分を見つめる不思議な眼差《まなざ》し。

「その時、思ったの。死なないでって、この子が言ったのかもしれない。勘違《かんちが》いでもいい……いいえ、そうとしか思えない。そうよ。きっとそう!!」

そう思ったとたん全身から力がぬけて、母は赤《あか》ん坊《ぼう》を抱いたままその場にへたりこんでしまった。でも、身体中が熱いものでいっぱいだった。

「初めてだった。そんな風に前向きに考えたのは。自分でも信じられなかったわ」

それから、住む場所を変え、一から出直した。

あいかわらず貧乏《びんぼう》で、生活は苦しく苦労は絶えなかったけれど、そのすべてをおぎなってあまりある幸せがあった。

障害をものともせず、たくましく生きる娘。

暗闇の中で精一杯《せいいっぱい》手足をのばし、空を、太陽を、花を、水を、世界のすべてを感じとり、自分の力に変えてゆく。その姿を見ているだけで感動した。人間とは、本当はこういう生き物なのだと思った。自分も、もっと人間らしく生き生きと生きたいと思った。

母は、娘のちょっと冷たくなった頰を両手で包んだ。おでこを突《つ》き合わせ、鼻をこする。

愛《いと》しい。愛しい我《わ》が子。なくさないで良かった。本当に良かった。私の宝物。

「あんたから力をいっぱいもらって、あたしは変われたよ。もう昔の、暗いジメジメした女じゃない。何もかもあんたのおかげなの。あんたがお嫁《よめ》に行く前に、どうしてももう一度ここへ来たかったんだ。お礼を言いたくて……あの時、死なないでって言ってくれた。聞き間違いかも知れないけど、それでもいいの。ありがとう」

母はそう言って、娘を抱き締めた。もう一度、力いっぱい。そして、抱き締められた娘が言った。

「うん……おぼえてるよ」

「何を？」

「死なないでって……私、お母さんに言ったよ」

「え……？」

娘は、あたりを見回しながら話した。まるで見えているように。

「バスから降りた時から、へんな感じがしてたの。なんだか身体に感じる空気とか、前に一度来たことがあるような気がすごくして……。この場所の景色が頭に浮かんできたの。茶色の岩。高くてまっすぐな崖。松林。青い海と白い波。潮の匂い。強い風

……」

母は、ただただ驚《おどろ》いていた。

「お母さんの話を聞いてて……全部おもいだした」

娘は笑った。母は、首をふった。

「あんたは赤ちゃんだったのよ。まだ生まれたばっかりで、目が見えなくて」

娘はうなずいた。

「でも、見えたの。お母さんの顔が悲しそうで、つらそうで、今にも死んじゃいそうだったから、私必死で呼びかけたの。死なないで、死なないでって……！」

「うそ……」

涙があふれた。

「うそよ。そんなこと」

「お母さん、白いワンピース着てたね。水玉のスカーフが風でパタパタして……」

「うそ……ありえないわ」

あふれる涙は温かかった。

「飛んでいっちゃったね……」

涙でゆがむ景色の中で、娘は笑っていた。

にじむ光を背にした姿は、もしかしたらこの子は天使かもしれないと思えた。

二人は泣きながら抱き合った。お互《たが》いを抱き締める両手に、いっそう力がこもる。

あの時、絶望を抱いてこの断崖に立っていた。
だが、自分は本当は奇跡《きせき》を抱いていたのだと、今ようやく実感する。
二十五年の時をへだてて、もう一度その奇跡を抱き締めた。
その腕の中には、もう幸せしかなかった。

春　茶屋の窓辺にて候《そうろう》

春　茶屋の窓辺にて候《そうろう》

春の雨がさらさらと優《やさ》しく町を濡《ぬ》らす。
傘《かさ》をさし、行《ゆ》き交《か》う人々の足取りも、どこかゆったりとした遅《おそ》い午後。
茶屋の窓から、女は眼下の景色を眺《なが》めていた。

男　窓を閉めてくんな。雨がふっこまあ。
ユキ　ナニサ、すぐ止《や》むわ。柳《やなぎ》の緑がキレイだよォ。
男　こっちィ来て、一杯《いっぱい》やれや。ホンニおめェはここがスキだのォ、おユキよ。今でこそ月ィ一度になったが、前は三日に一度は連れてケとせがまれた。
ユキ　フフッ。
男　まあ俺《おれ》もここはスキだよ。酒もメシも美味《うま》い。したが、おめェは茶屋へ来て遊ぶわけでもなし、その窓に座《すわ》ったっきり外ばかり眺めてよォ。何がそうおもし

　れぇ？

男は幾度《いくど》となくユキにこう尋《たず》ねる。そのたび、ユキはほっこりと笑ってすませる。
出会ってから繰《く》り返《かえ》してきたいつもの会話。
だが、ユキは今日初めて、男に「こたえ」を語り始めた。

ユキ　………窓がヨ。
男　ん？
ユキ　ここの窓からの眺めがよ……わっちゃぁ、これを見るとたまらない気分になるのさァ。
男　ほゥ？
ユキ　コゥ、川が流れてて赤い橋がかかってて、柳がサラサラしててよォ。
男　そういう景色が好きなのかぇ？
ユキ　好きなものかェ。キライだよ。
男　わからねぇの。

ユキは笑った。その眼差《まなざ》しはどこか遠く、遥《はる》か遠くの景色を見ている。

それは、夏の夜を彩《いろど》る花火だった。

華《はな》やかな花火の音に折り重なって、幼い自分の声が聞こえる。「お父《とう》、お父」と呼ぶ哀《かな》しげな声が。

ユキ　鬼野狐《おにやこ》の錬造《れんぞう》って、知ってるかィ？
男　鬼野狐の錬造……さぁて。
ユキ　ふふっ、そうだよねえ。カタギのおまィが知るはずもない。
男　渡世人《とせいにん》か博打打《ばくちう》ちか。
ユキ　十五年前に死んだしね……。

想《おも》いが還《かえ》ってゆく。あの年へ。あの季節へ。あの時間へ。

ユキの父親は「鬼野狐の錬造」と呼ばれた渡世人だった。

旅から旅へ。幼いユキは錬造に手をひかれてゆく。

春の野辺を。夏の海辺を。秋の山道を。

ユキ　お父は、ひとところに留《とど》まれねえ性分《しょうぶん》でさ。根っからの渡世人なんだねえ。人斬《ひとき》り、用心棒、博打打ち、やってることたァ外道《げどう》でも、わっちにゃあ優しかったよ。

錬造に遅《おく》れぬように、足手まといにならぬように、ユキは懸命《けんめい》に歩を進める。

時折ちらりと自分を見る錬造の横顔が好きだった。

面倒《めんどう》くさ気にも幼子を気にかける男の無骨さが好きだった。

ユキ　わぁあー！　見て見て、お父！　つくしがいっぱいだよぅ――!!

錬造　転ぶぞ、おユキ。

ユキ　あっ、痛！　うわ――ん!!

錬造　ホレ、言わんこっちゃねえ。

歩むごとにめぐる月日。めぐる季節。

満桜《まんざくら》の散る中で餅《もち》を食った。

降るような星空の下、星をかぞえて過ごした。

決して楽な暮らしではなかったが、すべての思い出が幸せに満ちている。凍《こご》えるような冬、粗末《そまつ》な納屋《なや》で藁《わら》にくるまって震《ふる》えた夜でさえも。
そこに、錬造の温かい胸があったから。
ユキ　あの年……わっちゃあ、大病しちまってよォ。あの町にどれぐらいいたかねぇ……。一年か、一年と半か。お父と一緒《いっしょ》に、あんなに長いことひとところに居《い》たなぁ初めてだった。楽しかったよ。……けど、その間にお父は、町の貸元の川《かわ》越《ごえ》の宗治郎《そうじろう》親分に大恩ができちまったのヨ。
赤い橋の上。眺める夏の夜空に火の華が咲《さ》く。
威勢《いせい》のいい掛《か》け声が飛び交う。
ユキ　きれいだねえ、お父。
錬造　ああ……。
ユキ　……宗治郎親分さんの話、なんだったの？
錬造　おめぇにゃあ関係ねえ。首つっこんでくんな。
ユキ　……。

錬造　おユキ……おめェ、いくつンなった？
ユキ　んー、十四だよ、たしか。
錬造　十四か……。

錬造は深いため息をついた。その深さと重さに、ユキは不吉な予感を抱《いだ》く。
ほどなく、その予感は現実のものとなった。

ユキ　その夜中、お父は行っちまった。わっちを置いて……。枕元《まくらもと》に手紙があって
さぁ、どこそこの親分さんを頼《たよ》っていけって書いてあった。わっちのことを頼《たの》
むと、話はしてあるからってサ……。わっちは手紙をひっつかんで、宗治郎親
分とこへ駆《か》け込《こ》んだサ。お父がそこで何か大きな仕事をするんだってわかって
たから……。

履物《はきもの》も履かず、素足《すあし》で駆け抜《ぬ》ける夜の町。
その時、ユキはどんな顔をしていただろうか。行き交う人々が、ぎょっとして道を
あけた。

ユキは気が狂《くる》いそうだった。

「置いていかれる」

そう感じた時の恐怖《きょうふ》と絶望。それ以上の何かが、轟々《ごうごう》たる嵐《あらし》となってユキを翻弄《ほんろう》する。自分をそこまで追い込むものの正体を、ユキは知っていた。もう、とうの昔に知っていた。

ユキ　お父!!

錬造　おユキ!? 何しに来た! ここぁおめぇの来るとこじゃねえ! 帰《けぇ》んな!!

ユキ　どういうこと? これ、どういうこと! あたィのこと頼んであるから、成瀬《なるせ》の親分さんとこへ行けってどういうこと!!

錬造　騒《さわ》ぐんじゃねえ。その手紙に書いてある通りだ。先に行っとけ、俺も……後から行くから。

ユキ　ウソ!!

錬造　う……。

ユキ　ウソだ! お父のウソつき!! 後からなんて来ないくせに!! あたィを置いて

行っちまうくせに!!

錬造　おユキ……。

ユキ　置いて行かないでよ、お父。一緒に連れてって、お願い！

錬造　……おめぇがいると邪魔《じゃま》なんだヨ。

ユキ　おと……。

錬造　今度ぁ、大仕事なんだ。これが終われば、俺ぁ姿をくらまさなきゃなんねぇ。おめぇを連れてっと目立っちまうんだよ！

ユキ　邪魔ンなんないようにする！　足手まといになんないようにする！　お父と離《はな》れたくない。お父がいないなんてイヤ!!　あたィ……あたィ、お父のことが……。

錬造　おユキ。俺ぁ、おめぇのお父なんかじゃねえんだよ。

ユキ　そんなこと知ってるもん!!

錬造　……そう……。そうだったな……。

その瞬間《しゅんかん》の錬造の顔を忘れない。

瞳《ひとみ》には、死神を見たような暗い影《かげ》が落ちていた。

鬼と恐《おそ》れられた男の、苦しそうな、哀しそうな表情《かお》。

ああ。

そんな顔をさせたいんじゃない。ただ、一緒にいたいだけ。ただ、父と娘《むすめ》でありたいだけ。ただそれだけだった。それだけだった。

代貸　何か面倒でも起こったかィ、錬造さん？
錬造　代貸!!　お騒がせしてすいやせん。ひとつ頼みがあるんで。この小娘、この部屋へ閉じ込めといておくんなさい。
ユキ　お父!?
錬造　暴れるようなら縛《しば》り上げてかまいやせん。仕事が片付いた頃《ころ》、放してやって下せえ。
代貸　いいのかィ？
錬造　いいんでさ。頼みましたぜ。
ユキ　おと……。
錬造　じゃあな、おユキ……。あばよ!!
ユキ　お父――っ!!

押《お》し込められた部屋から、錬造と二人で花火を見た橋が見えた。

初めて腰《こし》を落ち着けて暮らした町。あの橋の上を何度も行き来した。

窓からその景色を見ていたら、悲しさと不安と不吉さでいてもたってもいられなくなった。

ユキは窓から逃《に》げだし、足に傷を負いながらも再び素足で町に駆け出した。

錬造の姿を追い求めて狂ったように走り回るユキの耳に、町のざわめきが飛び込んできた。

町人　斬り合いだ！　渡世人同士がハデにやりあってるぜ!!
町人　どこだ、どこだ!!
町人　街道脇《かいどうわき》のすすきっ原よ！

晩夏の草原を血色に染めて、男たちが点々と沈《しず》んでいる。その中に血まみれの錬造を見つけ、ユキは飛びついた。

錬造は、まだわずかに息があった。

ユキ　お父！　お父――!!
錬造　ユキ……。
ユキ　しっかり……しっかりして!!　死んじゃイヤダ！　イヤダよぅ――!!
錬造　カタギにしてやれなくて、すまなかったな……。
ユキ　イヤ！　お父と一緒じゃなきゃイヤ!!　あたィは、どこまでもお父と一緒だよ！　地獄《じごく》だって一緒に行く!!
錬造　……ばぁか。……おめぇは幸せになンな……とりあえずでいいからよ。
ユキ　お父……お父――!!　わああ――!!

すすきっ原に陽《ひ》が沈む。
男たちの生きざまの如《ごと》く、赤々と燃えるように。
その中に、女の泣き声がこだました。細く、長く。哀しく、美しく。

ユキ　お父の身体《からだ》にすがりついて、どれぐらい泣いていたかねぇ……。通りかかった商人が、わっちを拾ってくれてサ。その人は優しかったけど、カタギの暮らしにどうしても馴染《なじ》めなくて……二年で家を出たよ。それからは流れ流れて……博打も打った、ヨタカもした。カタギになれと言ってくれたお父には、ずいぶん親不孝しちまったヨ……。

男　おめぇ……お父《と》っつあんのこと……。

ユキ　でも、おまィに会えた。こんなわっちを、おまィは嫁《よめ》にもらってくれた。わっちは……やっと、お父に報《むく》いることができたヨ。

男　なんで、今頃こんな話をするんだぇ？

ユキ　なンか、ケジメをつけなきゃと思ってサ。

男　ケジメ？　なんのケジメだぇ？

ユキ　…………。ややが、できたヨ。

男　ええっ!?　ホントかヨ、おめえっ……!!

その驚《おどろ》きと喜び。ユキは思わず苦笑《くしょう》する。
子どもがおもちゃをもらったような、この男の素直さが愛《いと》しかった。
優しいが遊び人だった男と、過去にとらわれていた女が出会い、新しい未来に足をふみだす不思議を感じる。

ユキは、この窓からの景色を見納めようと思った。

女将《おかみ》　まいどありがとうござんす。またお近いうちに。

男　アイ、お世話。

ユキ　雨が止《や》んだよ！

男　オイオイ、足元に気をつけてくれよ、おユキ。間違《まちが》っても転んでくれンな。

ユキ　フフッ。

男　おユキ。俺《おれ》ぁ、働くぜ。今までの二倍も三倍も、簪《かんざし》作って売りまくるぜ！

おめぇと子どものためにな。

子どものようだった男の目が、もういっぱしの男の目つきに変わっている。

その眼差《まなざ》しの中に、錬造の姿が浮《う》かんで消えた。

ユキ　お父……。昔も今も、わっちの男はあんた一人……。でも、今わっちゃあ幸せだヨ。どこかで見ててくれてるかィ？

春、だった。

ユキ　アレサ、ごらんな。水鳥がヒナを背負ってるよ。かあいいねぇ。
男　春だの。

きらめく水面《みなも》。
そのうえに。
柳《やなぎ》の枝はさらさらと。
桜の花はほろほろと。

春は爛漫《らんまん》だった。

＊

静かに屋根を打つ心地《ここち》よい雨音。
廊下《ろうか》の向こうから春の小唄《こうた》が聞こえる。

男は障子の前で、見えない相手に向かい深々と頭を下げた。
相手がこちらに気づいていることが、障子越《ご》しでも伝わってくる。

辰《たつ》　ごめんなすって。

障子を開ける。
静かな静かな気配が、小さな部屋に満ちている。肝《きも》のどこか奥のほうがヒヤリとした。

辰　お初にお目通りいたしやす。あっしは、甚兵衛《じんべえ》一家の代貸、石切の辰にござんす。鬼野狐の錬造さんとお見受けいたしやす。

錬造　……その名はもう捨てやした。一度は死んだ身なもんで。

思っていたよりもずっと耳触《みみざわ》りのいい声に、辰の緊張《きんちょう》が溶《と》けてゆく。
餓鬼《がき》の頃から憧《あこが》れ続けた伝説の剣客《けんかく》、鬼野狐の錬造。

辰　へえ、そのようでござんすね。したがぁ、あんたほどの腕《うで》っこき、ひと仕事すりゃあ、すぐにわかりまさあ。「錬造は生きているらしい」と、渡世人の間じゃあ、もっぱらの噂《うわさ》でござんしたよ。実物を拝めて嬉《うれ》しゅうござんす。

錬造は軽く笑った。そこに「鬼」と呼ばれた気配はない。優《やさ》しそうな男がいるだけだった。

辰　この町にゃあ、何の御用《ごよう》で？　ずいぶんと前からこの茶屋に逗留《とうりゅう》していなさるようですが。

錬造　まずいかィ？

辰　とんでもございやせん。よろしければ、うちに草鞋《わらじ》を脱《ぬ》いでいただきたく参上した次第《しだい》で。

錬造　……もともと俺ぁ、貸元に草鞋は脱がねぇんで。それに、ここが気に入ってましてね。

辰　そうですか。そいつァ残念。親分は、十五年前のあの「二十人斬《ぎ》り」の話を聞きたがっておりやしたよ。

錬造　大した話じゃござんせん。俺一人で斬ったわけでもなし。
辰　お近づきのしるしに一献《いっこん》など。親分からもてなせと言い付かっておりやす。

開いた窓から春雨にけぶる町並みが見える。
窓はずっと開いていたと見え、部屋の空気は湿《しめ》っていた。

辰　この茶屋を気に入ってるとおっせえしたが、馴染みでもおられるんで？
錬造　いや……。……この、窓がね……。
辰　窓？
錬造　この窓から見える景色が、なんだかなつかしくてね……。以前、似たような橋のある町におりやした。
辰　……錬造さん、昔ァ、子連れだったとか。
錬造　……ありゃあ、俺の子じゃねえんで。
辰　ホゥ？　そりゃまた、どういういきさつで？
錬造　拾いっ子でさあ。親に捨てられたんだろうなあ。雪ン中ぁ、お地蔵さんの横でピーピー泣いておりやしたヨ。二つ……三つだったかな。せめて寒くないところへ連れて行ってやろうと、ヘタな仏心を出したのがいけなかった。後はもぅ、なしくずしでさぁー。ザマぁござんせん。

辰　鬼野狐と言われた錬造さんがねえ。

錬造　あれァ、妙《みょう》に勘《かん》どころが良くてねぇ。俺が置き去りにしようとすると、必ず勘付くんで。そのうちあきらめやしたヨ。

辰　縁《えん》があったんでござんしょうね。

錬造　あったとすりゃあ、悪縁でさあ。俺ぁ、結局あいつにとっちゃあ疫病神《やくびょうがみ》だった。俺なんかに拾われなきゃあ渡世人《とせいにん》の娘として生きることもなかったものを……。

辰　その後、お嬢《じょう》さんとは別れなすったんで？

錬造　十五年前にね。

辰　ああ……。

錬造　いい機会でござんした。アレとは別れ時だと思っておりやしたよ。あの時、黒《くろ》鬼《おに》の夜刀次《やとうじ》を斬ってくれと頼《たの》まれて――……。

今でも、まざまざと目に、心に、浮かんでくる。

あの日、あの場所で別れた女がいた。あれは――いったい何だったのだろうか。

自分にとって運命の女だったのか。

それとも――

代貸　明日、明後日《あさって》あたり、街道を黒鬼の夜刀次が通る。そこであんたに斬ってもらいてぇのサ。

錬造　黒鬼の夜刀次といやあ、泣く子も黙《だま》る大親分でござんすね。

代貸　鬼野狐の錬造の獲物《えもの》にゃあ、ふさわしかろう？　ただし、ちょイとわけありでな。この件に宗治郎一家は関《かか》わりねぇことにしてえんだ。

錬造　俺ひとりの仕事ってことで？

代貸　拝むぜ、錬造さん。助《すけ》っ人《と》はつける。腕のいいのが二人ほどいるんでな。仕事の後ァ、即刻《そっこく》立ち去ってくんな。礼金は前渡《まえわたし》しておくからヨ。

錬造　相手が黒鬼の夜刀次とあっちゃあ、それだけで大仕事でござんす。手練《てだれ》を何人も連れてる。その中にゃあ、風神《ふうじん》の参左《さんざ》ってェ、凄腕《すごうで》がいやしてねえ。こいつが手強《てごわ》い。こりゃあ、俺の運もここまでかと思いやした。だから、この際アレとおさらばしようとね……。だが、例によって例の如く、すぐ嗅《か》ぎつけてきやがって……一緒《いっしょ》に行くとごねちまってね。川越の代貸に頼んで、部屋に閉《と》じ込《こ》めてもらいやしたヨ。

代貸　ホントにいいのかィ、錬造さんヨ。

錬造　いいんでさあ。……別れ時でござんすよ。この先、俺についてってもロクなことにゃならねえ。

代貸　えらい慕《した》われようだが？

錬造　ありゃあ、俺を――……父親として見ちゃおりやせん。男として見てるんでさあ。この頃《ごろ》ぁ、ハッキリそう感じやす。今、別れなきゃ……――。

街道を黒い集団が行く。その前に立ちはだかる男三人。すすきっ原を吹き抜《ぬ》ける風が、たちまち殺気をおびる。

参左　なんでえ、てめぇたちゃあ!!

錬造　黒鬼の夜刀次親分とお見受けいたしやす。

夜刀次　そう言うおめぇさんは？

参左　……てめえは!!

錬造　お命頂戴《ちょうだい》!!

飛《と》び交《か》う罵声《ばせい》と悲鳴と刃《やいば》の音。血しぶきが草原を血の海に沈めてゆく。

参左　てめえ、鬼野狐の錬造だな!!

錬造　そう言うおめぇさんは、風神の参左か。

参左　てめえたぁ、いっぺん手合わせしたかったぜ！　ここで会ったが百年目！　覚《かく》悟《ご》しやがれ!!

錬造　死ぬつもりでおりやしたヨ。そうでなきゃ、できねえ仕事でござんした。死んでもよかった……。

死は覚悟の上。仕事をやり遂《と》げた事に、錬造は満足だった。鬼野狐の錬造として、ふさわしい最期《さいご》。

そして、薄《うす》れゆく意識の中で見た女は、天女《てんにょ》のように美しかった。

辰　これで何もかもが終わる。
これで楽になれる。
鬼《おに》と呼ばれた自分をおびやかす何かから、逃《のが》れることができる。

錬造　今や伝説でござんすからねぇー。「鬼野狐の錬造　二十人斬り」といやぁ。相討《あいう》ちでさあ……みんな死んだ。俺も死んだはずでござんした。まさかァ、助かるとはねぇ……。

辰　あやかりてえ運の強さで。

錬造　もののはずみでござんすよ。だが、アレとは別れられやした。アレも、俺は死んだと思ったんでござんしょう。通りがかった商人に拾われたらしいと聞いておりやす。……アレだけでも、地獄を見ずにすんで良ござんした。

辰　惚《ほ》れていなすった……。

錬造　……ふふ、バカな。俺が女に惚れるなんざ……。閻魔《えんま》さまに追い返されるような男でござんすよ。あの日から、アレの姿は見ておりやせん。それでいいんでさあー。

辰　それにしちゃー、人待ち顔でござんすよ、錬造さん。

錬造　俺が？
辰　その窓から見える景色がなつかしいと、そうおっせえしたね。なつかしい景色の中に、なつかしい顔を見るのを待っていなさるんじゃござんせんか？
錬造　………ご冗談《じょうだん》を。俺ももゥ若くはござんせんがね、そこまで老《ふ》けちゃーおりやせんよ。
辰　フフ。……おや、雨も上がりやしたね。

薄くなった雲間から、暖かい陽射《ひざ》しが射し込んだ。
水溜《みずたま》りが、ゆるゆると流れてゆく雲と青空を映している。
茶屋の表玄関《おもてげんかん》で、楽しげな声が聞こえた。

男　オイオイ、足元に気をつけてくれよ、おユキ。間違っても転んでくれンな。
女　フフッ。
男　おユキ。俺ぁ、働くぜ。今までの二倍も三倍も、簪《かんざし》作って売りまくるぜ！　おめぇと子どものためにな。

そう言う男を幸せそうに見つめる女がいた。

錬造が最後に見た、天女のような美しさそのまま、女はそこに立っていた。

雨上がりの春の午後。その景色の中で、しっとりと濡《ぬ》れた柳《やなぎ》の枝のようにしなやかに。

優しい雨に打たれ、桜色も艶《なま》めかしい桜花のようにあでやかに。

錬造　おユキ……。

そっと寄《よ》り添《そ》い手を取り合い、川辺を歩いてゆく二人。

きらめきはじめた水面《みなも》の反射の中で、ひとつに溶け合ったその姿が幻《まぼろし》のように揺《ゆ》らめいている。

今、錬造の胸を静かに満たしてゆくものは、いったいなんなのだろう。

思わず目を細めるのは、春の陽射しがまぶしいだけではない。

辰　錬造さん？　どうかしなすったかィ？

錬造　イヤ……。アレサ、見さっし。水鳥がヒナを背負うておりやすよ。かあいいね
え―……。

きらめく水面。
そのうえに。
柳の枝はさらさらと。
桜の花はほろほろと。

錬造　春で、ござんすねえ……――。

柳の枝はさらさらと。
桜の花はほろほろと。
春は、爛漫《らんまん》だった……――。

＊

街道《かいどう》沿《ぞ》いの小さな宿場町。行商人や遍路《へんろ》が行き交い、渡世人たちが吹きだまる。
夜が来て、酒場や水茶屋の灯《あか》りがともると、こんな小さな町も薄っすらと化粧《けしょう》をしたように華《はな》やぐ。
女給　おろしじゃこと、お銚子《ちょうし》もう一本ー。
錬造　勘定、置いとくぜ。
女給　アーイ、まいどありがとうござんす。
名もない小さな町は、道をひとつ外れると夜の闇《やみ》に深々と沈《しず》む。
月明かりだけの道をゆく鼻先を、草の匂《にお》いが掠《かす》めてゆく。
錬造　……お前さん、どこまで俺《おれ》にくっついてくるつもりだェ？
佐吉《さきち》　…………いけねえなあ、もうバレちまったか。どこでわかりなすったイ？

錬造　飲み屋で、ずっと俺を見てたネ。
佐吉　さすがだなあ、スキってもんがねぇや。へへへ……。おひけぇなすって！　てめぇ生国とはっしますところ上州は三郷村《さんごう》、渡りの佐吉ってぇケチな野郎《やろう》でござんす。以後、ご別懇《べっこん》のほどを……なんてネ。ここであんたを殺《や》っちまやぁ、ご別懇も何もねぇんだけどな。
錬造　……。
佐吉　鬼野狐の錬造さんとお見受けいたしやす。伝説の剣客《けんかく》をお見かけして震《ふる》えがきやしたぜ。あんたを斬ったとなりゃ、街道中に俺の名が轟《とどろ》くってもんだ。勝負!!
月明かりに白刃《はくじん》がきらめく。鋼鉄《はがね》のぶつかりあう音が闇に吸い込まれてゆく。だが熟練した者ならば、その音を聞くだけでどちらが優《すぐ》れた使い手であるかわかるだろう。
佐吉　うわああっ！　いっ、痛《い》ってええっ!!
錬造　まだやるかイ？
佐吉　てめえっ……なんで峰打《みねう》ちなんだよ!!　俺なんかは斬る値打ちもねえって言い

錬造　てえのか!!
佐吉　……そうさナ。こんだけやっても俺が斬れねぇんじゃ、しょうがないネ。
錬造　バカにしやがって、くそったれ！　いっそスッパリ斬りやがれってんだ!!
佐吉　俺ぁ、もう……人を斬るのはやめたんだよ。そうしなきゃ、いつまでたっても俺が斬られる番が回ってこねぇんじゃねえかと思ってね。
錬造　……。
佐吉　だが、ただ斬られてやるわけにゃいかねぇよ。それじゃ斬る方に悪《わり》ぃだろ。この段平《だんびら》にもな。
錬造　……。
佐吉　気がすんだら、行くぜ。おめぇさん足は速《はえ》ぇが、もっと落ち着いて動くこった。無駄《むだ》な動きが多すぎる。それじゃチョイと目のいい奴《やつ》にゃ、動きを読まれちまうぜ。
錬造　……。
佐吉　錬造さん、あんた……。
錬造　……。
佐吉　あんた、死にたいのかイ？
錬造　………俺ぁ、もう死んでるよ。とうの昔にな……。

記憶の闇に浮《う》かぶ美しい女がいる。

一途《いちず》で愛らしかった。花のように笑った。二人で過ごした思い出は、今でも胸を焦《こ》がす。

だが一方で、女は恐《おそ》ろしかった。

まっすぐに人を見つめるその瞳《ひとみ》に、心の奥底をのぞかれそうで。その瞳の中に、魂《たましい》までも吸い込まれそうで恐ろしかった。

それでも、どんなに恐ろしくても、女から逃《に》げることはできなかった。

女から逃げるには……

死ぬしかなかった。

錬造　死んだはずだったサ……。あの時、死んだはずだった……。

今では伝説となった「二十人斬り」の大立ち回り。

「鬼野狐の錬造は、一度死んで地獄《じごく》から還《かえ》ってきた」と、その名はますます高まった。

錬造は化け物、魔物よと、本気でそう信じる者もいた。

坊主《ぼうず》　おめぇさんみてぇな業《ごう》の深いお人は、なかなか死なれねぇのサ。

　いつだったか、どこかの生臭《なまぐさ》坊主にそう言われたことがある。

錬造　業が深いってなぁ、俺のせいなのかイ？　切ないねぇ……。

　雪景色を見るたびに思い出す。

降りしきる雪。寒いよ、寒いよと泣く幼子。その小さな、紅葉《もみじ》のような手。

まるで何かに魅入《みい》られるように、凍《こご》えるその身体《からだ》を抱き寄せてしまったあの時、あ

の幼子の背後にいたのは、あれは……死神だったのか。

錬造　俺ぁ、ホントはもう死んでるのサ、あの時に……。鬼野狐の錬造はヨ、本当の

　錬造は、あの時に死んだんだ。

坊主　そイじゃ今のお前さんは、さしずめ鬼か亡霊《ぼうれい》か……。

錬造　そうさ……抜《ぬ》け殻《がら》さ。

見上げる空に木枯《こが》らしが吹く。今年も冬がやってくる。
いったいどれぐらいの季節を、こうやって見送ってきただろう。
魂のない身体を抱いて。本当に死ぬこともできぬまま。

坊主　いつまで生き恥《はじ》をさらしゃいいのかって？　へっ、そりゃお前さん、閻魔《えんま》さまがいいって言うまでサ。

「鬼野狐の錬造　二十人斬《ぎ》り」という伝説を残してあの時死ねたらどんなに良かったかと、何千回、何万回思ったろう。あの時死ぬことができていたら、別れた女の面影《おもかげ》を追って彷徨《さまよ》うこともなかった。

錬造　おユキ……。

茶屋の窓の向こう側に十五年ぶりで見た女は、過去にきっぱりと別れをつげ、幸せをつかんでいた。あの頃《ころ》と変わらぬ花のような笑顔《えがお》を、かたわらの男に投げかけていた。

錬造　あれで良かったんだ。別れて良かったと思うことができた。幸せそうなおめぇを見てヨ……。

ひょうひょうと、ひょうひょうと木枯らしが吹く。ぽっかりと穴のあいた胸の中を、冬の風が吹き抜けてゆく。

抜け殻となった身体を抱いて、錬造は黙々《もくもく》と街道をゆく。いつまでもつきまとう刺《し》客《かく》の影をひきずりながら。

だが、錬造に死の覚悟をさせたのは刺客の刃ではなく、病だった。

みぞれまじりの雨が降り続いたある朝。水を汲《く》むため谷川へ降りようとした錬造は突然の眩暈《めまい》に襲《おそ》われ、そのまま谷底へ落ちてしまった。

そして、鬼野狐の錬造は街道から消えた。

「錬造！」

「鬼野狐の錬造だな！　勝負!!」

頭の中をガンガンと、さまざまな声が飛《と》び交《か》う。
身体中が燃えるような熱に焦がされ、喉《のど》がひきつるような苦しみに苛《さいな》まれ、その声は地獄からの呼び声のように聞こえた。
錬造　死ぬのか……。俺ぁ、やっと死ねるのか……。
ユキ　お父……。
錬造　おユキ!?
冷たいが柔《やわ》らかい女の手が、そっと錬造の頬《ほお》を包んだ。その冷たさが、熱さと痛みをはんなりと溶《と》かしてゆく。
錬造　もう……死んでも良ござんすか、閻魔さま……。
パチパチと赤い炎《ほのお》が踊《おど》っている。だが、それは地獄の業火ではなかった。小さな囲炉裏《いろり》の中の小さな炎が、串刺《くしざ》しの魚を焼いていた。

錬造　……。

粗末《そまつ》なあばら家の囲炉裏端《ばた》。せんべい布団《ぶとん》の上に錬造はそっと寝《ね》かされていた。身体中ギシギシと痛むものの、手足は動く、目も見える、耳も聞こえる。生きているのだ、まだ。助かってしまったのだ、また。その事実に打ちのめされて、錬造は声もなかった。

囲炉裏の火の向こうの暗がりに、ぽっかりと白い顔が浮かんだ。

清《きよ》　あ……気がついたんですね、良かった。

優《やさ》しい声だった。まだ若い女。雪のような白い肌《はだ》が美しかった。いつか、どこかで見た懐《なつ》かしい眼差《まなざ》しをしていた。

女は錬造のそばに座《すわ》ると、ひたいの汗《あせ》をそっとぬぐった。手拭《てぬぐい》の冷たさが心地《ここち》良い。

清　川のそばで倒《たお》れているのを見た時は、もう死んでいるのかと思いました。身体をあちこち打っているので痛むでしょうが、ケガの方は大丈夫《だいじょうぶ》ですよ。それよりも熱が高かったので心配しました。風邪《かぜ》をこじらせたのでしょうね。

みぞれ雨の中、風邪をこじらせ気を失って谷川へ落ちた。

そのまま、意識を取《と》り戻《もど》すこともなく死ねていたかも知れないのに。

おそらく、この女にすぐに気づかれ、手厚く看病されたのだろう。

錬造　ふふ。

清　？

錬造　よくよく俺ぁ、閻魔さまに嫌《きら》われてるらしい……。

心底自分自身に愛想が尽《つ》きて、錬造は笑うしかなかった。

女は何も言わず、何も聞かず、ただ静かに微笑《ほほえ》んで錬造のそばに寄《よ》り添《そ》っていた。

ゆかしい女だった。

街道から少し外れた小さな村の片隅《かたすみ》に、清はひとりで暮らしていた。

清　お父《と》っつあんには放浪癖《ほうろうへき》があって、三年前に出てったきり……。こんなに長い間帰ってこないのは初めてなんです。きっともう、どこかで死んでると思います。おっ母《か》さんも去年亡《な》くなりました。

二十歳《はたち》を過ぎようとしている、瑞々《みずみず》しい、だがその向こうに「大人の女」をひそませた女。その雰囲気《ふんいき》は、錬造に苦々しいものを思い出させた。

清　おっ母さんが亡くなってから、とても寂《さび》しかったんです。まるでお父っつあんが帰ってきたみたいで嬉《うれ》しいです。どうか、ゆっくり養生していって下さい。

そう言って、清はまめまめしく錬造の世話をやいた。

天候が荒《あ》れたこともあり、錬造はひと冬を清のもとで過ごすことになった。

錬造は疲《つか》れていた。もう何を考える気力もなく、毎日毎日、囲炉裏で燃える小さな火を眺《なが》めてぼんやり過ごした。

清も余計な口をきかず、錬造をそっとしておいた。

静かに、季節が移っていった。

清　錬造さんったら、鍬《くわ》を使ったことがないんですか？
錬造　ああ……うん。

清は、花のような笑顔でころころと笑った。

春の花が咲《さ》き競《きそ》う山間《やまあい》の、新緑に埋《う》もれそうな小さな小さな畑。

錬造は清に請《こ》われるまま、この時間にも人にも忘れ去られたような場所に留《とど》まっていた。

川で魚をとり、森で木の実を拾い、生まれて初めて畑仕事をした。

暖かい陽射《ひざ》し。清《すが》しい風。清と二人、まるで本物の親子のように土いじりをする自分を、もう一人の自分が離《はな》れたところから眺めているような、錬造はなんだかそんな気分だった。このまま、刀を納屋《なや》にしまったまま、ここで暮らしてゆくのだろうか。

錬造は、ぼんやりと考えていた。

錬造　俺にそんなことができるのか？　それでいいのか……？

何度自分にそう問いかけてみても、答えは出なかった。本当に抜け殻になってしまった今の錬造は、己《おのれ》を顧《かえり》みることを拒《こば》んでいるようだった。

ただ流されるままに時が過ぎてゆく。風は吹き、花は散り、雲が雨を運んでくる。太陽と水の恵《めぐ》みを精一杯《せいいっぱい》あびて、春に蒔《ま》いた種が実を結ぶ。

清　錬造さん、ほら見て！　お米が光ってるよ。
錬造　ああ、こりゃ美味《うめ》ぇな。

小さな田畑いっぱいに実った新米や野菜を食べた。男手の加わった今年は、よく世話をされたせいか実りも多かった。

清は、本当に幸せそうだった。

錬造にとっても、自分で作った米を食うなどは生まれて初めてのこと。

確かに充実感《じゅうじつかん》はあるが、それよりも錬造は、そんなことをしている自分が、まだ不思議でならなかった。

錬造　ここでこうしているのは、本当に俺なのか？　ひょっとして、こいつぁ全部夢じゃねえのか……？

折々に、そんな思いがよぎる。繰《く》り返《かえ》し、繰り返し……。そんな時、そんな錬造を、清は不安な目で見つめていた。錬造に迷いがあることを、清は敏感《びんかん》に察していた。この場所に留まっているのは決して気に入ったからではなく、清のためでもない。何かを見失い、行き場所がわからなくなっているだけなのだ。もしそれが見つかれば、錬造は明日にでも出て行ってしまうだろう。清は賢《かしこ》くも、そう悟《さと》っていた。にもかかわらず、そう考える時、清の胸はしくしくと痛んだ。

冬が、また来る——。

＊

若衆　なあ、お清さん。もっとよく考えてくれないかイ。
清　前にきっぱりとお断りしたはずです。

家の前の道端で、清と若い男とが何やら言い合っていた。

男は、着流しの袷《あわせ》もだらしなく、一目でカタギでないことがわかる。近くの宿場町に巣食う貸元の者なのだろう。男は嫌《いや》な目つきで、何度も振《ふ》り返《かえ》りながら去っていった。

錬造　何かもめごとかイ？

清　……前に宿場へ出かけた時に、河合《かわい》の平助《へいすけ》親分さんに……。

錬造　見初《みそ》められちまったのか。

清　……ハイ。お断りしたんですけど、そのあとも宿場に行くたびに声をかけられました。

錬造　親分の世話になるのはイヤかい？

清　イヤです。私は……ここにいたいんです。ここに……。

清の言う「ここ」とは、この家のことではなく「錬造のそば」という意味であることはすぐわかった。

そしてそれが、単に錬造のことを父と慕《した》っているのではない、ということも……。だが錬造は、そのことを深く考えないようにしていた。清は、まだほんの少女なのだ。父に捨てられ、母を亡くし、寂しい思いをしている子どもなのだ。ただ、それだけだ。錬造はそう思うように努めた。

錬造　今度から買出しは俺が行くヨ。おめぇは家で待ってな。

清　はい！

それから清は、宿場町へは行かなくなった。若い衆が家へ訪ねてきても、頑《がん》として取り合わなかった。

若衆　お清さん、ごねるのもいいかげんにしときなよ。

若衆　親分が可愛《かわい》がってやると言って下すってんのに、あんた何様のつもりだイ？

初雪のちらついた日、家に押《お》しかけてきた河合の若衆二人が、清に食ってかかっていた。

清は口を真一文字に結び、おくしもせず二人を睨《にら》み返す。錬造に守られているという喜びが、清の自信となっていた。

錬造　人の庭先で騒《さわ》いでんじゃねえぞ。

若衆　なんだあ？　何か文句あんのかよ、とっつぁん。

若衆は錬造を突《つ》き飛《と》ばした。一瞬《いっしゅん》、ピクリとひきつった錬造の表情を見て、清がすかさず止めに入った。

清　ダメ!!　……錬造さん。

それは、錬造をかばってのことではなく、錬造に本気を出させないためだった。ヤクザなど相手にしない「カタギ」でいて欲《ほ》しかった。

清　帰って!!　もう二度と来ないで!!　なんと言われても、私は親分さんのお世話にはなりません!!　親分さんにそうハッキリ伝えて下さい!!

火を吹くような迫力だった。男たち全員が息を呑《の》んだ。

自分の愛するものを守るためならば、女は花にも、夜叉《やしゃ》にもなる。その美しくも恐《おそ》ろしい横顔に、錬造は昔の女を見た。

若衆　あのアマ……親分になびかねぇと思ったら、そういうことか。
若衆　え？　あの二人、親子じゃなかったのか？
若衆　お清の父親は村を出たまンまさ。あの男は、どっかの流れもんだろうな。自分より老《ふ》けたオッサンに女とられたと聞いちゃあ、親分だまってないぜ。

夜になり、初雪は根雪となって降り続いた。

パチパチとはぜる囲炉裏の火を、錬造は黙《だま》って見つめていた。

清は、何事もなかったかのように黙々《もくもく》と縫《ぬ》い物をしている。

そのゆかしい顔《かんばせ》の下に渦巻《うずま》く激しい思いを見せつけられ、錬造は深くため息した。

あの思いにとらわれることが恐ろしい。かつて、自分を見つめるまっすぐな瞳《ひとみ》に、魂《たましい》をとられることを恐れたように。

あの思いにとらわれたら、最後だ――。そう、思う。

錬造　また逃げ出すか……？　今度も、きっと命がけだろうな……。

しんしんと、しんしんと、雪が降る……。
雲が途切《とぎ》れ、青空がもどってきたその日。錬造は狩《か》りに出かけた。
だが、錬造が帰ってきた時、家の前につもった雪が、複数の足跡《あしあと》で荒らされていた。
開け放たれた戸。囲炉裏端には裁縫箱《さいほうばこ》がひっくり返っている。

錬造　お清!!

裏庭で錬造が見たもの。
それは、雪と泥《どろ》にまみれ、男に組み敷《し》かれてもがく《く》清の姿だった。
他《ほか》にも二人の若衆が、その様子をおもしろそうに眺めていた。

若衆　オヤ、とっつあん。お早いお帰りだな。

若衆　なんだイ、俺《おれ》らぁこれからだってぇのに。
若衆　かまわねぇから、そこで見ててくんな。

男たちは、そう言って笑った。

白い雪に、血の赤がやけに映《は》える。まるで寒椿《かんつばき》が散ったようだった。

清が、涙《なみだ》にぬれた目で錬造を見ていた。白い肌《はだ》は泥で汚れていたが、その瞳はどこまでも澄《す》みきって美しかった。

何かが、錬造の中で切れた。

錬造は、庭先に転がっていた竹箒《たけぼうき》を手にとった。その柄《え》が、ブンと空を切る。

若衆　ぐわっ!!

若衆　げっ!!

若衆二人は、抵抗《ていこう》する間もなく膝《ひざ》から崩《くず》れ落ちた。残った一人は、その太刀《たち》さばきを見て飛び上がった。

若衆　と……とっつあん、あんた何者だ!?

錬造　平助が言ったのか。てめぇが袖《そで》にされた腹いせに、女を手籠《てご》めにしてこいと野《や》郎《ろう》が言ったのか!!

全身から沸《わ》き立つ殺気。清が恐れていた、錬造の「本性《ほんしょう》」がそこにあった。

若衆は震《ふる》え上がり、ただ頷《うなず》くしかなかった。それを一撃《いちげき》で叩《たた》きのめし、傷ついた清に声をかけもせず、錬造は納屋へ突進すると、そこに丸一年置かれていた刀を鷲摑《わしづか》んだ。

清　錬造さん!!　ダメ!　いや……行かないで!!　私のことはいいの!　だから行かないで、お願い!!　行っちゃ嫌だ!　嫌だよう——っ!!

清は錬造にすがりついた。

このまま元に戻《もど》ってしまったら、錬造はもう帰ってこない。そのまま元の世界へ行ってしまう。

清は、死に物狂《ぐる》いで錬造を引《ひ》き留《と》めた。しかし、轟々《ごうごう》ととめどない殺気をみなぎらせた錬造にその声は届かず、清は雪の上に振り払われてしまった。

清　錬造さん……！　錬造さーん!!

泣き崩れる女。心の耳を塞《ふさ》いで我《わ》が道をゆく男。

坊主　おめぇさんは、業《ごう》が深いのサ。

錬造　そいつぁ、俺のせいなのかイ……？

河合の平助一家に、たった一人で斬《き》り込《こ》んで来た男を見て、若衆たちは大笑いした。

平助　なんの冗談《じょうだん》だイ、とっつぁんよ。年寄りが段平《だんびら》振り回しちゃ、あぶねぇぜ。

錬造　たかが小娘に袖にされたくれぇで、逆恨《さかうら》みするようなケツの穴の小せぇ平助とやらは、てめえか！

平助　……そういうてめぇが、お清の男か。こいつぁまいったぜ。こんなとっつぁんに負けたと知れたら世間のいい笑いもんだ。オイ、てめぇら！　お袋《ふくろ》でも見分けがつかねぇくれえ刻んじまいな!!

若衆たちは、大小の刀を手に手に錬造を取り囲んだ。皆《みな》、弱い者をいたぶるような歪《ゆが》んだ笑いを浮《う》かべていた。

鬼野狐の錬造が、刃《やいば》を振りかざした。

錬造　なめんなあ――っ!!

町人　オイ!　鬼野狐の錬造が出たんだってな!
町人　おう、聞いたぜ!　一家丸ごとブッ潰《つぶ》したってぇから、豪気《ごうき》な話だぜ。
町人　河合の平助一家とは、聞かねえ名前だが。
町人　甲州街道《こうしゅうかいどう》からずいぶん外れたド田舎《いなか》の、小っせぇ宿場町の貸元だそうだが、錬造はそんなとこで何してたのかねぇ。錬造の名前を聞くのも、ずいぶんご無《ぶ》沙汰《さた》だしな。

町人　それにしても、今度の仕事はらしくねえなあ。錬造の仕事といやあ、無駄《むだ》のねえきれーなもんだろ？
町人　二十人斬りの錬造だぜ？
地蔵　それぁ、伝説じゃねえか。
町人　いンや。伝説じゃねぇサ。
町人　地蔵のとっつあん！
町人　そうだよ！　とっつあんは昔の錬造を知ってるんだっけ、なあ！
地蔵　成瀬の善三《ぜんぞう》親分とこでな。あん時ぁ、錬造もまぁだ鼻たらしたガキだったサ。
町人　おーおー、得意げなツラしちゃって。
町人　年寄りは昔話が好きなもんサ。話させてやりなイ。
地蔵　錬造を初めて見た時ぁ……ありゃあ、あいつはいくつだったのかなあ。とにかく妙《みょう》に落ち着いた、可愛げのないガキだったたぜ。
町人　二十人斬りが伝説じゃねえって、どういう意味だイ、とっつあん？
地蔵　……奴《やつ》ぁな、キレるのさ。
町人　きれるって？
地蔵　あれぁ……なんだったのかなあ。何が奴を怒《おこ》らせたのか知らねぇが、とにかく

町人　奴はキレちまったのヨ。つまりは見境をなくしちまうんだ。キレたが最後、手当たり次第《しだい》さ。敵も味方もありゃしねえ。気づいたら、奴は一人で十何人もブッた斬ってた。自分のまわりの奴を皆殺しサ。その死体と血だまりの中で、全身返り血あびて真っ赤になっても、奴ぁ息も乱さず立ってたヨ。

町人　ふぇえ〜〜〜、すげぇ話だなあ、オイ。

地蔵　二十人斬りは、ホントだったんだな。

町人　それからヨ、奴が鬼《おに》と呼ばれるようになったなぁ。もともと、奴は〝野狐天《やこてん》の錬造〟と名乗ってた。

地蔵　狐《きつね》の神サマか。

町人　おうサ。それが、〝ありゃあ神サマじゃねえ、鬼だ〟ってな。

町人　なるほど。それで〝鬼野狐〟かぁ。

町人　しかし……だとしたらますます、すげえ話だぜ。だって、錬造はかれこれもう五十を越《こ》えてるはずだぜ？　そんなになっても、まだ〝キレる〟んだ！

地蔵　キレて、皆殺しにできるってぇのがすげぇよな。

地蔵　奴ぁな、鬼を飼ってるのサ。血の中にな。だからその鬼が、そうそう死なしちゃくれねぇのヨ。

ひょうひょうと、ひょうひょうと、木枯《こが》らしが吹《ふ》く。

はりつめた雲の間から、粉雪が舞《ま》う。

細々と燃える囲炉裏《いろり》の火を見つめたまま、清はじっと待っていた。そうしていたかった。

時がたつにつれ炎《ほのお》は小さく痩《や》せてゆき、やがてパチリとはぜて消えた。

薄暗《うすくら》がりの中、それでも清はじっと座《すわ》ったままだった。

ガタリと、引き戸が開いた。

雪雲のきれぎれにのぞく満月に照らされて、錬造がそこに立っていた。

清　錬ぞ……さ……!!

あとは声にならなかった。清は錬造の胸へ飛び込むと、大声で泣いた。それは嬉《うれ》し泣きだった。

帰ってきた。錬造は帰ってきたのだ、自分のもとに。それが意味することは、たったひとつだった。

清は泣きじゃくりながらも、錬造の身体《からだ》を力いっぱい抱《だ》きしめて離《はな》さなかった。

その腕《うで》に力を吸い取られるように、錬造はその場へ膝をついた。

もう、逃《に》げられない——。

錬造　いいのかイ？　俺ぁ……明日にでも死んじまうかも知れねぇぜ……。

清　いいの……そんなこと、どうだっていい！　錬造さんが好きです！　大好き

……!!

結局は、こうなる運命だったのか。

あの降りしきる雪の日の、幼子の手をとった時から錬造をとらえて離さなかったもの。

錬造は、とうとうそれから逃《のが》れることができなかった。

今、初めて清の身体を抱きしめる。父としてではなく。保護者としてではなく。

女たちがそう望んだ「一人の女を愛する一人の男」として——……。

それから、わずか二年後。
清と、一歳《ひとつ》になったばかりの息子を残し、錬造は死んだ。
享年《きょうねん》、五十六歳。

「鬼野狐の錬造」の名は、それからも長く街道に残った。

次郎　親分。
辰　おう、次郎かイ。お入り。どうしたイ？
次郎　イヤ何ネ、妙な話を聞きやしてネ。
辰　ほゥ？
次郎　親分、鬼野狐の錬造ってぇ渡世人《とせいにん》はご存知で？
辰　ご存知も何も、錬造は俺らにとっちゃあ神様みてぇな人サ。あの剣《けん》、あの生きざま。男に生まれてきたからにゃあ、いっぺんでいいからああいう風に生きてみてぇよなあ。
次郎　錬造の仕事ってなぁ、一目でそうとわかったとか。

辰　おうヨ。あざやかで確実で無駄がなくてなあ。だから仕事料はいつも全額前金ヨ。そイだけ信用できる腕ってわけなのサ。……で？　その錬造がどうしたって？

次郎　いやネ。どーもその……鬼野狐の錬造が、また仕事を始めたらしいんで。

辰　……ちょっと待ちなイ。俺ぁな、次郎。甚兵衛一家で代貸をやってた頃《ころ》、錬造本人に会ってるんだ。

次郎　へぇ。そのようでござんすね。

辰　その頃ぁもう、いい具合に枯れたとっつあんだったぜ。そりゃあ、内側に秘《ひ》めたもんは山ほどあるようだったが……。確か、あの頃で五十にはなってたはずだ。とすると……。

次郎　ま、今、七十をチョイと過ぎたあたりってぇ頃ですかネ。

辰　いくら鬼だ魔物《まもの》だって言われたお人でもなあ、七十過ぎて段平振《ふ》り回してるたぁ、とても思えねぇや。それに、死んだって話もよく聞くしヨ。

次郎　ですからネ。

辰　なんだイ？

次郎　コリャいいよいよ、本物の〝鬼〟になりなすったんじゃねぇかと……。

辰　……バカ言ってんじゃねぇよ。

春の花が咲《さ》き始めていた。

朝降っていた雨もようよう上がり、縁側《えんがわ》に落ちる陽《ひ》も暖かく、やわらかく、陽だまりで丸まる猫《ねこ》の毛も、きらきらと光っていた。

中庭の池では、今年も一羽の水鳥が子育てをしている。その鳥と池の鯉《こい》に餌《えさ》をやりながら、辰はふっと笑えてきた。

「親分」と。そう呼ばれるようになった。

そしてその自分を親分と呼ぶ次郎が、ちょうどあの頃の自分を見るようで……。

辰　そんな頃だったよなあ、錬造さん。あんたに初めて会ったなぁ……。

次郎　親分……！

辰　どうしたイ、次郎？

次郎　来やしたぜ、ホントに……鬼野狐の錬造が！

辰　……。

中庭に通されたのは、二十歳を過ぎたか過ぎないかの若者だった。だがその姿、その眼差《まなざ》しに、辰は息を呑《の》んだ。
自分が会った、あの鬼野狐の錬造の面影《おもかげ》そのまま、そっくり若くしたような……。
若者は静かに仁義《じんぎ》を切った。

錬司《れんじ》　おひけぇなすって。てまえ生国とはっしますところ甲州は小池《こいけ》村。鬼野狐の錬司と申しやす。以後ご別懇のほど、よろしくお願いいたしやす。
辰　錬司さん……とやら。なぜ〝鬼野狐〟と名乗ってるね？
錬司　や、なんか。いつの間にかそう呼ばれるようになっちまいやして……。昔、そう名乗っていた渡世人がいたらしくて、そいつに似ているとよく言われやす。
辰　……甲州の小池村か……。そうか……。
次郎　親分？
辰　ゆっくりしていってくんな、錬司さん。なんでもこの次郎に言いつけてくれ。
錬司　ありがとうござんす。

中庭で立ち話をする次郎と錬司の姿は、若い頃の自分と錬造のようだった。

辰　錬造の倅《せがれ》か……。そうだよな、倅がいたっておかしかない。いつぞや、奴が貸元一家を皆殺しにしたことがあったが……あれが確か、甲州の田舎の村だった。そこでもうけた子どもってわけか。あの錬造が所帯を持ったとは思えねぇが……。

伝説の剣客に会えると、胸を躍《おど》らせたあの日。茶屋の階段を上がる足が震《ふる》えたのを、今でも思い出すたび笑えてくる。

その男は、窓辺に肘《ひじ》をつき、小雨の降る景色をじっと眺《なが》めていた。

辰　いい男だったなあ……。

数々の修羅場《しゅらば》を、己《おのれ》の腕一本で駆《か》け抜《ぬ》けてきた心と技《わざ》を身にまとった錬造には、ぞくぞくするような存在感があった。

だが男は、同時に抱《かか》えきれない宿命を背負っている風に見えた。

自分の腕で生き抜いてきた自分の世界。その世界で生きつづけるためには、捨てねばならぬものも多いはず。
それを深く憂《うれ》いながらも、なお生きざまは生きざまとして貫《つらぬ》くしかない。
それは「鬼《おに》」と呼ばれた男を縛《しば》る枷《かせ》のように見えた。

辰　あの時、あんたに聞いてみてぇことがあったんだ、錬造さん。もし生まれ変わったら、そん時ぁ……あんたはまた渡世人になりたいかイってね……。

やわらかな春の陽射しの中に、錬司が立っている。
合羽を羽織り、手には三度笠《さんどがさ》、腰《こし》には刀。

辰　あんた……まだそこにいるんだネ、錬造さん……。つくづく、業《ごう》の深いお人だねえ……。

雨上がりの午後だった。
中庭の池が陽射しを反射し、美しく光っていた。
その中を

ヒナを背負った水鳥が、ゆっくりと泳いでいた。

春、だった。

文庫版あとがき

以前、令丈《れいじょう》ヒロ子先生（『若おかみは小学生！』などの著者）から、「Ｗｅｂに上げてるＳＳ《ショートストーリー》とかも本にまとめてよ」と言われたことがあった。まさか実現するとは！　ありがとう、新潮社さん。

原題『このさき危険区域《デンジャラス・ゾーン》』は、すごく古い作品で中学年（小学三、四年生）向け。だから平仮名だらけで、これを漢字にするのが一番手間取った。

もとは中学年向けとはいえ、けっこう容赦《ようしゃ》なく怖《こわ》い話になっている。『ランドセルの中』なんて、参考にしたのが、漫画家《まんが》諸星大二郎《かもろほしだいじろう》先生（『妖怪《ようかい》ハンター』などの著者）の名作『袋《ふくろ》の中』だからね。しかし、『袋の中』で、魔物《まもの》に魅《み》せられた「大人」は、結局は自滅《じめつ》してしまったが、『ランドセルの中』の「子ども」は、魔物を利用し、平然としている。

子どもといえど、大人と同じ。その身の内に、闇《やみ》もあれば、残酷《ざんこく》もある。ただ、その闇も残酷も、純粋《じゅんすい》というだけ。それだけに、実は大人よりはるかに質《たち》が悪く、恐《おそ》ろしいのだ。子どもは、けっして「天使」なんかじゃない。一部のバカ大人どもの、「子どもは天使」なんて勘違《かんちが》いがある限り、大人と子どもの溝《みぞ》は、永遠に埋《う》まらない。また、童話や昔話などから、残酷な展開や悲しい結末を抜《ぬ》いた「綺麗《きれい》なだけ」の物語を与《あた》える大人も度しがたい。その理由が「子どもが可哀想《かわいそう》だから」とか「子どもには美しいものだけをあげたい」なんて、一種の虐待《ぎゃくたい》なんじゃないかと思いマス。なんとか刑法《けいほう》で罰《ばっ》せられないものかと思いマス。

大人は、子どもを「美しく優《やさ》しいものに包んで」育てるんじゃなくて！　「少々のことにはビクともしない子」に育てやがれ!!

さて。少し大人っぽい内容の、後半のＳＳは、数が少なかったので本にはまとまらず、Ｗｅｂに上げていたもの。これも、けっこう古い。こういうのをもっと書きたいんだけどな。でもＳＳって、それこそ百物語みたいに、百本ぐらい集まらないと本にならないからなぁ。次に百本たまるのは、いつのことだろう（笑）。

『黒沼』は、もともと、かの松谷みよ子大先生（と言うわりには、あまりよく知らない。すいません）責任編集の同人誌『びわの実ノート』に依頼《いらい》され、寄稿《きこう》したものだ。これもかなり古い作品なのだが、このたび、この物語の主人公桜大《おうた》の、その後の話を書いた。それが、徳間文庫から出版される。気になる人は、ぜひそちらも読んでもらいたい。

『春　茶屋の窓辺にて候《そうろう》』

この作品には少々説明がいる。

一昔前、私が所属していた演劇サークルがあって（今は解散している）、そこでドラマCDを作っていた。この作品はその時に「窓」というテーマにそって制作されたものの一つで、もともとは「脚本《きゃくほん》」の形だったのだ。

当時、ジプキンにハマっていた私は、無性《むしょう》に時代劇をかきたくて大した時代考証もないままにかいてしまった。そこんとこは、大目にみて下さい。

ただ、ここでは脚本のままでは発表できないので、ちょっと「読み物」風にしてみた。セリフが異様に多いのは、こういう理由です。

かなり濃厚《のうこう》な愛の物語なので、できればジプシー・キングスの「インスピレイション」とか、「ウン・アモール」「パッション」などをＢＧＭに読んでもらえれば、いっそう盛り上がると思う。

二〇一二年七月

本書は2012年9月新潮文庫から刊行されたものの新装版です。なお、本作品はフィクションであり実在の個人・団体などとは一切関係がありません。

徳間文庫

黒《くろ》沼《ぬま》

香月日輪のこわい話

2021年2月15日　初刷

著者　香《こう》月《づき》日《ひの》輪《わ》

発行者　小宮英行

発行所　株式会社徳間書店

東京都品川区上大崎三－一－一
目黒セントラルスクエア　〒141－8202

電話　編集〇三（五四〇三）四三四九
販売〇四九（二九三）五五二一

振替　〇〇一四〇－〇－四四三九二

印刷
製本　大日本印刷株式会社

ISBN978-4-19-894627-2　